KB153224

피땀눈물

같은 시간
같은 자리에
매일 선다는
일

아나운서

이선영

© 2022 이선영

피땀
눈물

아나운서

이선영

차례

아나운서의 시간은 뫼비우스의 띠

"하아…… 세상에서 제일 무서운 맛이 아는 맛이 라더니……. 지금 저 볶음밥 한 숟가락만 먹을 수 있다면 다른 소원이 없겠어요!"

쭉쭉 늘어지는 치즈가 올라간 닭갈비가 쓸고 지나간 불판 위에서 갓 볶아낸 볶음밥을 보며 연신 감탄하는 중이다. 부르튼 입술에 매운 음식이 닿는 건 생각도 하기 싫지만, 입에서 침이 고이고 코끝으로 매콤하고 고소한 냄새가 맴도는 것 같아 식욕이 마구 솟구친다. 이 순간은 입술에서 전해져오는 아린 감각도 잊고, 나와 같은 상상을 하며 화면 속 닭갈비를 보고 있을 시청자와 똑같은 마음으로 멘트한다.

"아, 한 입만……."

<2TV 생생정보>는 프로그램 특성상 매일 음식점을 소개하기 때문에 일주일에 두 번은 닭백숙 위에

서 문어가 춤을 추는 장면이나 지글지글 잘 구워진 돼지고기에 묵은지와 홍어 등을 곁들여 쌈을 싸는 장면, 매콤하게 양념된 등갈비에 화려하게 불맛을 입히는 장면, 한우 사골 양지가 듬뿍 들어간 어른 몸통만 한 국밥통이 바글바글 끓어 넘치는 장면이 줄지어 나온다. 진행자는 그 음식을 맛나게 먹는 손님들을 보며 '너무 맛있겠어요. 부러워요! 저 자리에 제가 있었으면…… 정말 최고네요!' 등의 멘트로 시청자와 마찬가지로 한마음이 되어 배고파하고, 꼭 한 번 가보겠다고 다짐을 한다. 그렇게 시청자와 함께 공감하며 그 시간을 향유한다.

　매일 나오는 맛집 장면에 물리지는 않느냐고?

　한결같이 진짜 먹고 싶어하는 것이 가능하냐고?

　가능하다. 그 장면을 대할 때는 진심으로 빠져들어야 하니까. 같은 감탄사라도 매번 다르게 하려고 노력한다. '찐' 리액션을 위해 늘 배고픈 상태로 생방송에 임하는 것도 노하우라면 노하우다. 진심이 담긴 멘트인지 아닌지는 시청자가 더 잘 알고 판단한다. 음식이 나올 때마다 기계적으로 '우와우와!' 반복된 리액션을 취할 수는 없다. 영혼 없이 리액션을 한날은 몇 안 되는 멘트에도 악플이 달리는 한편, 영혼을 갈아 넣은 멘트와 감탄사에는 따듯함을 느꼈다는 감사의 메시지가 쏟아지기 때문이다. 그러니 즉각적으로 반응하는 시청자들의 예리한 눈과 귀를 속일 수는 없지 않은가!

생방송의 묘미는 순간의 진심이다. 맛있는 음식을 먹고 감탄하는 손님의 진심과 나의 온 신경과 마음을 담은 멘트가 절정의 조화를 이루면서 시청자에게 가 닿는다. 방송을 보는 시청자도 그 순간만큼은 음식 앞에 앉아 있고 싶은 마음이 들 수 있도록 해야 한다. 그렇게 방송과 시청자 사이의 다리 역할을 해주는 것이 바로 진행자의 임무이다.

진행자의 진심 어린 공감은 방송을 완성하는 주춧돌 역할을 해준다. 그 단단한 책임감에 나의 모든 에너지를 쏟아부은 방송이 끝나면 개운함과 후련함이 온몸을 감싼다. 그와 동시에 뇌에서 켜지는 '리셋' 버튼. 그것을 누르는 순간, 닭백숙 위에서 춤추던 문어나 화려하게 불맛을 입힌 등갈비까지 머릿속에서 싹 다 날아간다. 그리고 다음 날 새로운 음식 앞에서 다시 시작!

그렇다. 교양 정보 프로그램만 생생하게 십 년을 넘게 해올 수 있었던 나의 노하우는 '리셋'이다. 내게는 매일 보는 내용이라도 오늘 텔레비전을 처음 켠 시청자들에게는 새로운 내용일 테니까. 진행자가 매일 리셋되면 똑같은 방송이라 해도 다르게 비칠 수 있다.

십팔 년의 재직 기간 중에 위클리 프로그램과 각종 특집 방송을 제외하면 데일리 생방송을 진행한 날들이 무려 십삼 년이다. <투데이 스포츠>를 시작으로 <리빙쇼 당신의 여섯시> <무엇이든 물어보세요> <2TV 생생정보>까지……. 일 년에 일주일의 휴가 기간을 제외하고 월요일부터 금요일까지, 주 오일 곱하기 오십일 주는 2백 55일, 그리고 2백 55일 곱하기 십삼 년을 계산하면 총 3천 3백 번이 넘는 날들 동안 단 한 번도 생방송을 펑크낸 적이 없었다. 몸이 아플 때도, 마음이 힘들 때도 있었지만 카메라 앞에 서는 순간 만큼은 다 잊고 진행자로서 그 자리에 선다. 광저우 아시안게임 당시에는 프로그램 진행 중에 발목이 꺾여 넘어져서 반깁스를 한 채 휠체어를 타고 다녔는데, 방송 때는 깁스를 풀고 앉아서 진행한 적도 있었다. 그것도 무려 이십 일이나!

　라디오 프로그램을 진행한 아나운서들 가운데는 십 년, 이십 년 이상 진행한 선배들도 있다. 주말이나 휴가 전에 결방이 되지 않도록 미리 녹음을 하고 가는 것을 생각해보면 3백 65일 곱하기 이십 년, 무려 7천 3백 일이 넘는 기간 동안 같은 자리를 지킨 셈이된다. 강산이 두 번이나 바뀌고, 누군가가 태어나서 성인이 되는 날들 동안 매일 청취자에게 인사를 건

네는 것이다.

　한편 아나운서들이 진행하는 라디오 뉴스를 들어 본 적이 있는지 묻고 싶다. 새벽 5시부터 자정까지 매 시간마다 있는 정시 뉴스는 아나운서국의 모든 아나운서들에게 고루 배정된다. 뉴스 원고를 들고 가서 미리 읽어보고 정시를 알리는 온에어 사인이 들어오면 'KBS 제1라디오 7시 뉴습니다' 하고 뉴스를 읽는다. 뉴스 전달을 마치고 십여 초가 남으면 '이상으로 KBS 제1라디오 7시 뉴스를 마칩니다. 아나운서 이선영이었습니다. KBS'로 마무리 지으면 끝!

　신입일 때는 시간을 맞추지 못해 뉴스를 못 끝내거나 일 분 일찍 끝내서 혼나는 꿈, 뉴스 스튜디오로 가는데 발이 공중에서 계속 헛돌아 뉴스에 늦는 꿈 등을 꾸며 가위에 눌리기도 했다. 그럼 연차가 쌓인 만큼 방송 시간에도 익숙해졌을까? 그렇지는 않은 것 같다. 쌓아온 구력도 있는데 새벽 4시 반에 일어나 뉴스를 하러 숙직실을 나서는 길은 도대체 적응이 안 된다. 그래도 나름의 방법으로 '아! 아아!' 목을 풀고 뉴스 스튜디오로 들어가 마이크 앞에 앉는 그 사소하고 경건한 의식을 치른다. 청취자들의 알 권리를 위해서, 평소와 다름없는 목소리로 뉴스를 전달하기 위해서.

아나운서에게 필요한 수많은 덕목 중 가장 중요한 점은 성실함이다.

신입 때부터 선배들께 귀에 못이 박히도록 들었다. 방송은 제작진과 시청자가 함께 하는 약속이라고. 따라서 방송을 대하는 기본자세는 '약속'이며 곧 '의무'라는 것이다. 그러니 약속을 지키기 위한 시간 관리는 아나운서에게 필수 과제이다. 매일 그 시간, 그 채널, 그 프로그램에서 시청자와 만나기로 약속했다면 반드시 그 자리에 서야 한다. 그 약속을 위해 아나운서는 체력과 멘털을 정비하고, 스케줄 관리는 물론, 피부 정돈에도 세세한 신경을 쓴다. 여느 직장인들처럼 업무 외에 가정을 지키고, 사람도 만나고, 자기계발도 해야 하지만, 어제와 다름없는 밝고 건강한 모습으로 방송에 서기 위해 아나운서는 자신에게 주어진 시간을 보다 탄력적이고 전략적으로 운용한다. 약속된 그 시간, 바로 그곳에 있기 위해서. 그 누가 알아주지 않아도, 하루도 빠짐없이 얼굴을 내미는 내게 상을 주거나 시청자들의 열렬한 호응을 기대하지도 않으면서. 나는 그저 묵묵히 오늘을 맞이한다.

그리고 다시 찾아온 오후 5시.

어제도 분명 이 자리에서 이만큼 피곤한 표정으로 눈을 반쯤 감고 메이크업을 받았다. 월요일부터 금요일까지 매일 같은 시간, 같은 일정이다 보니 수요일에는 어김없이 목요일이 아니냐고 물어본다.

이곳에 오기 전 있었던 수많은 일들은 까맣게 잊

은 지 오래다. 어제 같은 시간 이곳에 있었던 내 모습과 오늘의 상황이 겹치지만, 옷이 바뀐 걸로 시간의 흐름을 인지하며 대본을 내려다본다.

방송은 늘 새롭고, 즐겁고, 나를 설레게 하는 인생의 충전소 같은 존재이다. 어떤 이는 방송으로 소모된다고 하지만, 나는 카메라의 빨간 불빛을 보며 내가 살아 있음을 확인하고 삶의 다른 부분에까지 그 활력을 쭉 이어간다.

오후 6시 30분, 오늘도 다시 쌩쌩하게 달려보자!

이선영? 그게 누구야?

얼마 전, 여행을 다녀오는 길이었다. 휴게소를 떠난 지 얼마 안 됐는데 갑자기 쉬야가 급하다는 아이. 난감했다. 화장실에 가자고 몇 번이나 물어보고 다그쳤는데……. 일단 변기에 앉히고 사고를 미연에 방지했어야 했다. 이제 와 후회해봐야 소용없는 일이다만 하필이면 차를 세울 수도 없는 고속도로 한복판에서……. 그러나 곧 구세주가 나타났다. 바로 졸음 쉼터! 문제는 코앞의 쉼터를 두고 차가 너무 막히는 거다. 순간적으로 차에서 내려 아이 손을 잡고 뛰어가는 게 빠를 거라 판단했다. 우여곡절 끝에 도착한 그곳에는 한 칸짜리 이동식 화장실이 있었고, 그 앞으로 고속버스에서 내린 열댓 명의 사람이 차례를 기다리고 있었다. 한계에 다다른 아이는 다리를 배배 꼬고, 나는 발을 동동 굴렀다.

"참아! 힘 꽉 줘! 제발!"

그러자 앞에 서 계신 분이 갑자기 뒤를 돌아본다.

"아나운서 맞죠? 그 저녁 방송……."

"아…… 네네."

평소에는 화장을 아예 안 한 민낯으로 다니는 데다가 마스크까지 쓰고 있어서 알아보기 힘드셨을 텐데 목소리를 듣고 단번에 알아채셨다. 그분이 앞서 있는 일행에게 아이의 상황을 전하자 고맙게도 막차례가 되신 분이 아이에게 자리를 양보해주셨다.

"아이가 너무 힘들어 보이네요. 먼저 쓰세요!"

인사를 전할 겨를도 없이, 염치불구하고 아이를 안고 뛰어들어가 일을 보고 바로 뛰쳐나왔다.

"죄송합니다. 정말 감사합니다!"

마트나 식당에 가면 많은 어머님들이 나를 알아보신다. 그렇지만 "이선영 씨 아니에요?" "선영 씨, 방송 잘 보고 있어요!" 하고 내 이름을 불러주시는 분들은 거의 없다.

"아, 무엇이든 아나운서 아니에요?"

"<2TV 생생정보> 잘 보고 있어요!"

신기한 건 민낯에 마스크를 쓴 나의 눈만 보아도, 목소리만 들어도, 아나운서임을 아는 분이 많다는 것이다. 이런 나에게 남편은 '아통령'이라는 별명을 붙여주었다. '아줌마들의 대통령'이라나. 십팔 년차 방송인 '이선영'이란 이름 석 자는 기억하지 못해도, 매일 저녁 텔레비전 화면을 통해 만나는 사이로 기억해주시니 그저 감사할 따름이다.

<아침마당> 아나운서, <TV쇼 진품명품> 아나운서, <6시 내고향> 아나운서, 축구 캐스터…….

아나운서들이 진행하는 수많은 방송을 보면서도 방송에 나오는 아나운서의 이름을 기억하는 시청자는 드물다. 물론 오랜 시간 진행하다 보면 이름을 기억해주시는 분들도 간혹 있지만, 아나운서들은 대부

분 진행한 프로그램으로 기억된다. 국가적 재난 상황이 발생하면 보도국에서 제일 먼저 찾는 뉴스 속보 전문 아나운서, 경제·시사 프로그램을 십 년 이상 진행한 경제통 아나운서, 박진감 넘치는 중계로 잘 알려진 국제 스포츠 전문 아나운서, 매일 생방송으로 아침이든 저녁이든 시청자들을 꾸준히 만나온 정보 프로그램 아나운서 등등. 그렇게 많은 아나운서들은 한결같이 각자의 길을 걸어오며 시청자들에게 스며들었다.

그러다가 이십 년쯤 전, 반듯한 이미지를 고수하던 아나운서들이 예능 프로그램에 대거 투입됐다. 개중에 시청률이 높은 예능 프로그램이 생겼고, 프로그램의 인기에 힘입어 아나운서의 인지도도 점차 높아졌다. 자연스레 자신의 이름을 세상에 내놓는 아나운서도 생겼다. 실제로 한 예능 프로그램에서 출연자들의 언어 습관을 교정해주며 가장 '아나운서다운' 모습을 보여준 얼음공주 아나운서와 개그맨보다 익살스러운 모습으로 '아나운서답지 않은' 캐릭터를 구축해간 남자 아나운서는 당시 아나운서실에 큰 파장을 일으켰다. 그뿐이 아니다. 회사에 소속된 직원이기보다 제2의, 제3의 누군가가 되기를 원하는 후배들도 하나둘 생겨났다. 그러자 한 분야에서 차근차근 쌓아온 상식과 경험치를 바탕으로 방송의 맥락을 잡아가는 아나운서의 고유한 능력은 점점 빛을 바래갔다. 개인의 인지도가 경쟁력이 되어버리자 연예인 같은 개인기와 화려함은 아나운서의 필수 요소가 되기도 했다.

종편과 케이블이 범람하면서부터는 다양한 분야의 사람들도 어엿하게 '방송인'이라는 타이틀을 달았다. 개그맨, 가수, 배우뿐만 아니라 스포츠선수, 댄서, 변호사, 의사, 정치인에 이르기까지…….

뉴스는 기자가, 예능은 개그맨이, 시사는 학자들이 두각을 나타냈다. 프로그램도 한두 사람의 진행으로 흘러가는 것이 아니라 여러 방송인들의 호흡으로 만들어졌다. 프로그램의 정체성을 잃지 않도록 이끄는 진행자로서 아나운서의 입지가 좁아진 것은 어쩌면 당연한 수순일지도 모른다.

나 역시 이런 방송 환경의 변화에 적응하기란 쉽지 않았다. 한때는 예능에서 망가지는 역할도 해보고, 적극적으로 시대에 순응하기 위한 노력도 해봤다. 그러나 여전히 나는 방송에 익숙지 않은 일반인들을 상대로 이야기를 듣고, 흐름을 만들어내며, 그들의 이야기 속에서 공감을 이끌어내는 교양 프로그램을 할 때 가장 큰 희열을 느꼈다. 아나운서로서의 '나다움'은 설계된 수로에서 물이 넘칠 때 덜어내고 모자랄 때 부어주는 역할이라고 생각했다. 출연자들이 놓친 빈곳을 채우고, 어딘가 막혔을 때 뚫어주는 진행의 묘를 살리는 역할을 할 때에야 비로소 일하는 만족감을 느꼈다.

아나운서라 함은 빨갛고 파란 물감들이 자연스럽

게 섞일 수 있는 물과 같은 역할을 하는 존재가 아닐까? 모두가 무지개빛 오로라빛 색깔을 뿜낼 때, 모든 색깔을 다 품어줄 투명한 존재도 필요할 테니까. 그것이 개성 강한 방송인들 사이에서 살아남을 수 있는 방편이 될 것이므로.

요즘은 프로그램마다 총천연색 자신만의 컬러로 무장한 방송인들이 넘쳐난다. 일반인들도 자신만의 채널을 개설하여 공영방송에서는 볼 수 없는 독특함을 내세워 방송하는 시대를 살고 있다. 아나운서의 무색무취함은 '개성 없음'으로 연결되어 시대에 뒤처지는 느낌마저 준다. 그래서일까? 몇몇 아나운서들은 노래와 춤을 배우고, 연기 강좌를 듣고, 고정된 이미지 변신을 위한 다양한 노력을 했다. 그 노력으로 말미암아 가수나 댄서, 개그맨이 되는 것이 아닌데도 말이다. 그저 '끼' 있는 '아나운서'로 평가받을 뿐인데……. 개그맨보다 웃긴 아나운서에게 세상 사람들은 '아나운서가 왜 저래?'라고 하지 '저 사람 개그맨이야?'라고 하지 않는다. 끼가 다분하다고 하여 누가 봐도 아나운서인 사람이 개그맨으로 연결되지는 않기 때문이다.

그러면서도 발음이 안 좋거나, 표준어 구사를 제대로 못 하거나, 교양 없는 언어를 사용할 때에는 예외없이 질타를 받는다. 아나운서 본분에 충실하지 못했을 때에는 바로 티가 나는 법이다.

십 년쯤 뒤에는 아나운서라는 나의 직업이 사라질 수 있겠다는 생각을 한다. 아니, 이미 진행 중임도 알고 있다. 내 주변에도 시대에 순응하듯이 '아나운서'라는 이름을 뒤로하고 '프리랜서 방송인'이라는 이름으로 새출발을 하는 이들이 제법 많다. 다만 방송사 안에 있는 아나운서도, 프리랜서 방송인의 길을 걷는 전 아나운서도 방송에서는 여전히 '진행자'로 기능한다. 오늘날 그 존재감이 작아졌다고 하더라도 시청자들은 여전히 '프로그램을 진행하는 사람은 아나운서'로 인식하고 있으니 말이다.

낭떠러지에서 떠밀리든, 내가 뛰어내리든, 환경 변화에 따를 수밖에 없는 상황에서 아나운서들은 '아나운서라는 정체성'에 대한 어떤 고민을 하고 있을까? 개그 프로그램이 사라지고 난 뒤, 개그맨들은 자신들의 자리를 되찾기 위해 끊임없이 노력하건만 아나운서는 진행자의 자리를 되찾기 위해 어떤 노력을 하고 있을까? 애당초 제작진에 의해 선택받는 인생이라면서 자포자기하는 게 맞는 걸까? 지금 하고 있는 프로그램이 없어지지 않기를 바라며 가늘고 길게 버텨보겠다고 오기를 부리고 있는 것은 아닐까?

상상해본다. 유행은 돌고 돈다는데, 레트로 감성이 주목받는 이때에 다시 한 번 아나운의 전성기가 올 수는 없는 걸까, 하고. 그래, 그때까지 버텨보자! 내게 맡겨진 방송에 최선을 다해 버틴다면, 아나운서의 진행이 편안하게 느껴지는 방송이 다시 생긴다면, 언제 어디선가 '한 방'이 터질지 모르는 일이다.

내가 미워하는 자식, 누가 예뻐할까? 내가 버린 나의 정체성, 누가 존중하고 살려줄까? 아나운서가 있어야 아나운서 출신 프리랜서 방송인도 있는 것이고, 아나운서 진행 스타일도 존재하는 거 아닐까? 그래야 그걸 깨기도 하고 살리기도 하면서 방송의 한 축을 담당하게 되는 기 아닐까?

아나운서에게 '아나운서스러움'과 '아나운서스럽지 않음'이 캐릭터가 될 수는 있겠지만, 그 모든 판단 기준은 '아나운서'임을 깨닫는다. 아나운서의 정체성을 지키기 위해 방송 진행에 대한 기본기를 철저히 갖춰야 하는 건 말할 것도 없고. 무엇보다 나의 정체성 안에 '아나운서'가 있음을 잊지 않으려 한다.

"가만 있어 보자. 내가 아는 얼굴인데……. 저녁에 나오는 음식 프로, 내가 너무 잘 보고 있어요."
"생생정보통 김선영 아나운서 아닌가요?"
"네, 저는 <2TV 생생정보> 이선영 아나운서입니다."

이선영 김선영 박선영 최선영 구선영…….

비록 이름으로 기억되진 않더라도 아나운서가 미디어 안의 진행자로 존재하고, 방송인의 한 부류로 기억되길 바란다. 그리고 한 방에 강렬히 각인되어 쉽게 잊히기보다는 천천히 스며들어 기억에 오래 남는 아나운서가 되고 싶다.

plan B

대학을 입학하고 휴학 한 번 없이 졸업을 향해 달렸다. 4학년이 되어서는 도전이나 한번 해보자는 생각으로 아나운서 시험을 치렀다. 물론 예상대로 떨어졌지만. 아나운서 시험은 여러 해 준비를 하고도 첫해에 덜컥 붙는 경우가 무척 드물다. 주위를 둘러봐도 보통은 삼수에 사수까지 하는 경우가 태반이다. 운 좋게 첫해 시험을 3차까지 치러본 나는 다음 해에 사활을 걸고 시험 준비에 임했다. 당시 아나운서 시험의 경쟁률은 1000대 1. 그 1천 명 중에 9백 명이 허수라고 해도 나머지는 백 명이나 된다. 그 백 명의 실력자 중 한두 명에 뽑히는 것, 이건 실력만으로는 어림없다. 분명 운도 따라야 하리라.

　　실력에 운까지 따라서 아나운서가 됐을 때를 플랜 A로 가정했다. 그렇지 못 했을 경우를 생각하여 플랜 B와 플랜 C도 세웠다. 일 년에 한 번 있는 아나운서 시험을 위해 아나운서 준비생으로만 한 해를 보내기에는 내 젊은 날이 너무 소중했다. 여러 경우의

수를 생각해서 짧은 어학 연수도 다녀왔다. 운에 맡기기보다는 어떤 길로 가든 실력을 키우는 일에 온 힘을 다하고 싶었다. 최종 면접을 준비하며 교육방송에 원서를 낸 것도, 대학원 면접을 알아본 것도 그런 이유에서였다.

두 번째 시험을 앞두고는 밤잠을 줄여가며 시험을 준비했다. 만약 이번에 떨어지면 내 길이 아니라고 생각하고 미련을 탈탈 털기로 마음을 다잡았다. 다행히 그해 가을, 나는 KBS 아나운서로 합격했다.

만약 그해 아나운서 시험에서 떨어졌다면 내 인생은 어땠을까? 플랜 B에 따르면, 나는 잘나가는 교육방송 피디가 되었을 것이다. 대학생 때, 교회 유년부 선생님을 하며 아이들을 위한 콘텐츠를 만들고 싶었다. 실컷 놀았는데 알고 보니 공부였다는 이상적인 게임 프로그램을 만들고 싶었다. 아이들의 스트레스를 덜어줄 수 있는 게임 프로그래머 겸 방송

피디. 만약 그마저 떨어졌다면 플랜 C대로 교육대학원에 진학해서 한두 해 더 교육방송 시험을 봤을 터다. 그 모든 예상대로 안 됐더라면 교육자의 길을 걷지 않았을까 싶다. 놀면서 공부가 되는 학원을 차리지 않았을까? 예술과 학습을 접목한 융합 프로그램의 창시자가 되지 않았을까? 그도 아니면 동네에서 이 년씩 대기를 걸고 기다린다는 과외 선생님이 되었을지도.

어떠한 상황이 내게 주어졌더라도 절망하거나 내 인생을 포기하는 일은 없었을 거다. 내 삶의 목표는 늘 '온리 원only one'이 아니었으니까. 인생사의 정답은 하나가 아니다. A가 아니라면 B나 C, 혹은 Z를 한다고 해도 틀렸다는 생각을 할 필요는 없다. 뭘 해도 해냈을 사람이 나라는 자신감만 갖고 있다면 말이다.

어릴 때는 피아노 치는 걸 좋아해서 피아니스트가 되고 싶었다. 그림을 그리는 데 재능이 있다는 애기를 듣고는 화가가 되고 싶었다. 중학교 때 과학경진대회에서 상을 받으면서 과학자가 되어야겠다고 생각했는데 교과 내용이 어려워지면서 흥미가 급속히 떨어졌다. 만화책을 읽는 거나 만화를 그리는 걸 좋아해서 교과서마다 낙서하는 게 취미였는데, 고등학교 때 미야자키 하야오를 보고 애니메이션을 만드는 사람이 되겠다고 결심했다. 당시 처음 생긴 애니메이션학과에 가겠다는 나의 선언을 부모님께서 극구 말리시는 바람에 만화가의 꿈은 안타깝게도 포기했지만.

학창 시절, 공부하는 게 즐거울 수 있었던 것은 내 목표가 남들이 생각하는 일등은 아니었기 때문이다. 아니, 어렸을 때부터 일등이 목표였던 적은 없었다. 공부를 정말 열심히 해서 책을 다 외웠다면 만점이 목표였고, 공부를 안 한 과목에 있어서는 요행을 바라지 않았다. 다른 사람과 성적을 비교한 적도 없고, 기대에 못 미친 점수에 만족하지 않은 적도 없다.

나의 기준은 언제나 나 자신이었기 때문에 누구보다 못해서 속상할 것도, 더 잘났다고 기분 좋을 것도 없었다. 결과로 얻는 기쁨도 책임도 내 몫이었다. 그러니 내가 어떠한 결정을 할 때는 과정을 얼마나 즐길 수 있는지가 선택의 기준이 되고는 했다.

아나운서로서 걸어온 길만 봐도 그렇다. 나는 스스로 공부해서 알아낸 정보를 다른 사람들에게 나누고 알려주는 것을 좋아한다. 누군가의 이야기에 깊이 공감하고, 마음을 담은 이야기를 나누는 것을 좋아한다. 전체의 맥락을 잡고 이야기를 정리하는 것도 자신 있다. 수많은 프로그램을 거쳐서 구축된 아나운서로서의 내 모습이 낯설지 않은 것은 나의 본모습을 녹여냈기 때문이다. 그것이 방송에서의 나와 평소의 내가 크게 다르지 않은 이유이다. 반면 계획 없이 정돈되지 않은 이야기를 쏟아내거나 원래의 내 모습이 아닌 모습으로 가공된 캐릭터에 빙의해 있을 자신은 없다.

내가 무엇을 좋아하는 사람인지를 알고 나면 구체적인 목표를 설정하지 않아도 길을 찾아나가기 한결 수월해진다. 운동을 좋아하고 재능도 있다면 선수로서 뛰어보는게 가장 재미있겠지. 그러나 운동을 좋아하는데 재능이 없다면 경기를 보고 분석하는 일을 찾아야 할 터다. 스포츠 전문 기자나 피디가 될 수도 있다. 언변이 좋다면 중계 아나운서를 노려볼 수도 있고, 선수 매니저가 되거나 관련 스포츠 사업팀에서 능력을 발휘할 수도 있다. 좋아하는 일을 어떤 위치에서 어떻게 할지는 각자의 노력에 달려 있겠지만, 일단 좋아한다면 그 영역에서 일할 방법은 얼마든지 있다. 다만 이 모든 계획을 세우는 기준은 반드시 '나'여야 한다. 나 스스로 좋아하고, 재밌고, 잘할 수 있느냐에 좌우되어야 한다. 기준에 따라 선택한 결과가 당시에는 최선일지 차선일지 차악일지 장담할 수는 없지만, 과정에 빠져들어 신나고 즐거웠다면 인생의 어느 한 순간, 자신을 반짝여줄 자양분이 될 것이다.

공자의 『논어』에도 '아는 사람은 좋아하는 사람만 못하고, 좋아하는 사람은 즐기는 사람만 못하다'고 했다. 먼저 좋아하는 걸 찾았다면 시간이 걸리더라도 과정을 즐기며 나아가고, 힘들어도 즐기면서 버티다 보면 언젠가 잘하는 날이 오지 않을까.

아빠는 츤데레

"엄마! 오늘도 예뻤어. 그런데 머리 모양이 이상했어.
꼭 남자 같았어."

"운전할 때, 블랙아이스 조심했어?"

딸이 집에 들어서는 나를 마중하며 건네는 첫 마디다. 매일 방송을 챙겨보시는 할머니 할아버지 곁에서, 어느새 아이도 날카로운 모니터요원이 되었다. 저녁에 만화 대신 <2TV 생생정보>를 열심히 보는 아이는 엄마의 옷이 공주 같은 치마였는지, 입술 색깔은 어땠는지 매일 확인한다. 홈캠핑 코너를 보며 '텐트 안에서 샌드위치 만들기'라고 쓴 메모를 내게 보여주기도 하고, '이 피디가 간다'의 이 피디를 비롯해 기억에 남는 출연자들을 흉내 내기도 한다. 도로 위의 블랙아이스와 전통시장의 할인상품권 이야기는 일곱 살 기준으로 쉽지 않은 내용일 텐데, 너무도 자연스럽게 꺼낸다. 자세히 들어보면 아이가 종알거리는 이야기는 모두 부모님의 관심사이기도

하다. 딸의 방송을 매일 챙겨보는 부모님, 그 옆에서 같이 생활 정보를 배우고 있는 그 딸의 딸. 문득 이런 상황이 지난 이십여 년 쭉 이어졌구나 싶었다.

아나운서를 자식으로 둔 부모님들의 사랑 표현은 거의 비슷하다. '다시보기'가 없던 시절에는 자식이 진행하는 프로그램을 녹화해두는 건 기본이고, 기사를 고이 잘라 스크랩하여 간직하신다. 그뿐이 아니다. 헤어스타일부터 의상에 말투, 발음에 이르기까지 '준 방송전문가'가 되어 자식을 평가하신다. 혼신의 힘을 다해 고이 키운 자식이 남들에게도 예쁘고 멋지게 보이길 바라는 마음은 어느 부모나 마찬가지니까.

막 입사했을 때부터 아빠는 흡사 아나운서실 부장급으로 모니터링을 하셨다. '~했습니다' 할 때에 어미인 '다'에서 꽉 누르는 느낌이 난다거나, 모 아나운서 뉴스는 듣기 좋으니 참고해보라거나, 웃을 때

시원하게 내뱉으며 웃지 않고 들이마시는 것이 어색하다면서 고쳐보면 어떨까 하신다. 세상에, 아빠의 세심한 모니터는 가끔 뼈를 때리는 듯한 아픔이 되기도 하지만 듣고 보면 정말 피가 되고 살이 되는 이야기들이다.

아빠는 방송하는 딸의 미세한 근육의 변화와 비대칭까지 주의 깊게 살펴보신다. 덕분에 고친 버릇들이 많다. 한동안 윗입술을 실로 묶어 잡아당기는 듯한 퍼포먼스를 하는 개그맨을 보고 재밌어서 따라 한 적이 있었다. 그러자 윗입술 근육이 발달했는지 그냥 이야기할 때도 윗입술이 덩달아 한쪽만 더 올라가는 버릇이 생겼다. 슬슬 윗입술에 신경이 쓰이던 차에 어김없이 아빠의 지적이 날아왔다.

"선영이 윗입술이 이상해졌더라? 입에 힘을 준 것처럼 부자연스러워 보여서, 말할 때마다 입술에 시선이 가네."

이를 물고 자는 버릇 때문에 생긴 턱 비대칭으로

고민하던 때에는 "괜찮아. 그 정도는 너만 느끼는 거야. 신경 안 써도 돼"라며 위로를 건네셨다.

이렇게 세심하게 바라봐주는 아빠의 말 한마디는 방송에 임할 때 예민하게 신경 쓰이는 부분마저 별게 아닌 걸로 만들어준다.

가족이지만, 이보다 날 객관적으로 보는 사람은 없어. 아빠가 괜찮다면 괜찮은 거야.

기술적인 부분을 꼼꼼히 보는 아빠와 달리 엄마는 외적인 부분을 세심히 보신다. 매일 머리 손질을 하고 화장한 딸을 보며 "오늘은 머리가 왜 그러냐" "가르마 방향 바꾸지 마라. 원래가 낫더라" "그 색은 네 얼굴에 안 어울린다. 화사한 걸 입어라" 등 끊임없는 조언을 늘어놓으신다. <리빙쇼 당신의 여섯시>부터 <무엇이든 물어보세요> <2TV 생생정보>까지 긴 세월 나와 데일리 프로그램을 함께하신 엄마는 각종 의학 상식과 영양 정보, 매해 바뀌는 제도와 부동산 정책까지 모르는 게 없다. 방송이 끝나면 기억을 지우는 딸과 달리 엄마는 방송에 나온 주말 메뉴와 여행지도 꼼꼼히 체크하신다. "지난번에 나온 거기는 예전에 가본 맛집인데, 오늘 나온 데는 한번 가봐야겠더라"라면서. 또 진행자로서의 리액션에 대한 지적도 잊지 않으신다. 그럴 때마다 엄마처럼 매일 방송을 챙겨 보실 분들을 떠올리며 더 열심히 정보를 전하고, 멘트 하나하나에 진심을 담는다.

이제는 그만 보셔도 되지 않느냐는 말에 예전만큼 집중해서 보지는 않는다고 웃어 보이시는 엄마. 어쩌다 특집 프로그램을 맡아 어떻게 해야 할지 고민하고 있자면 엄마는 지나가는 말로 한마디 툭 던지신다.

"선배님 연차에 뭘 그런 고민을 하시나요. 잘할 거면서!"

여전히 나에게는 둘도 없는 조력자이자 열성팬인

우리 엄마.

이런 두 분이 입을 모아 따끔한 코멘트를 내놓는 경우도 있다. 바로 패널의 멘트 중에 내가 미소 지으며 고개를 끄덕거리는 모습이다. 웃음이 날 만한 내용이 아닌데 왜 가식적으로 웃고 있냐고, 별 내용이 없는데도 왜 고개를 수십 번 주억거리냐고, 담백하게 들어주면 안 되는 거냐고, 시청자로서 거슬린다는 의견을 내신다. 시사 프로그램도 아닌데 진지하고 근엄할 필요가 없어서 지어 보이는 미소라고 반론을 제기해보건만, 나의 진짜 웃음과 미소를 평생 지켜봐온 부모님이 보실 때는 가짜 미소가 영 못마땅하신 모양이다.

"예쁜 척하지 마라!"

"아니, 아빠! 예쁜 척하지 말라니, 딸한테
너무 정 없이 말씀하시는 거 아닙니까?
더 예쁘게 하라고 해도 모자랄 판에……."

"내 딸은 이미 예쁘니까, 예쁜 척할 필요가 없다."

세상에, 우리 아빠가 이렇게 츤데레였나.
"아빠 눈에만 예쁜 거지 뭐" 하고 구시렁거리면서
도 어쩐지 마음의 부담이 줄어드는 것만 같다. 어쩌
다 두 시간짜리 특집 생방송을 진행할 때면 언제 잡
힐지 모를 리액션 컷을 기다리느라 입꼬리에 힘을
잔뜩 주고 있다가 입술에 경련이 일기 일쑤였는데.

그래, 아빠 말씀이 맞아.
예쁜 것보다 담백한 게 좋지.

그날 이후로 표정에 신경을 쓰지 않게 되면서 방
송을 더 즐기게 된 나를 발견했다. 내 모습이 어떻게
나올지 의식하는 미소 없이, 패널의 이야기를 더 경
청하고 진심 어린 반응을 하는 내가 훨씬 좋아 보인
다. 웃긴 이야기에는 목젖이 보이도록 크게 웃고, 슬

픈 이야기에는 눈물 콧물을 닦으며 집중하다 보니 어느새 방송이 끝나 있다. 하루는 방송에서 하하 호호 웃고 돌아온 내게 엄마가 한 말씀 하신다.

"너무 웃더라. 언제 그렇게 이마랑 눈가에 주름이 생긴 거니?"

아…… 어떡하지?

지워버린 '예쁜 가짜 미소'를 찾아와야 하나?

세심하게 바라봐주는 아빠의 말 한마디는

방송에 임할 때 예민하게 신경 쓰는 부분마저

별게 아닌 걸로 만들어준다.

'아빠가 괜찮다면 괜찮은 거야.'

결절 효과

아무런 부침도 없이 그제도 어제도 오늘도 내일도 다를 바 없이 똑같이 살아가는 인생과, 그제는 내려가고 어제는 바닥을 쳤지만 오늘은 한숨 돌리고 내일은 한발 더 나아가는 인생은 다를 수밖에 없다. 그렇게까지 힘들어봤는데 이 정도쯤이야 하는 인내랄까, 버틸 수 있는 힘이랄까, 나에게 허락된 오늘을 허투루 보내지 말아야겠다는 경험과 내일은 다를 것이라는 기대감이 차오르는 인생을 맛봤기 때문이다.

아나운서 생활에 어느 정도 익숙해졌을 무렵, 광주에 있는 한 대안학교로부터 강의를 부탁받았다. 다문화 학생들을 격려하고 비전을 심어주는 내용의 강의였다. 학창 시절부터 아나운서가 되면 나와 같은 꿈을 가진 청년들에게 도움이 되고 싶다는 소망이 있었기에 흔쾌히 수락했다. 강의를 준비하면서 나를 만날 친구들에게 위로가 되고 희망을 주는 시간이 되게 해달라고, 서로에게 소중한 만남이 되게 해달라고 기도도 했다.

비가 많이 내리던 날이었다. 한 시간의 짧은 만남이었지만 아이들은 한국과 한국어에 대한 관심을 갖게 되었고, 어려운 상황에서도 꿈을 놓지 않겠다며 웃어 보이는 친구도 있었다. 내게도 뿌듯하고 감사한 시간이었다. 아나운서가 되면서부터 꿈꿔왔던 선한 영향력을 막 펼치기 시작하는 것 같은 감격에 젖었다. 집에 돌아오는 길에 앞이 안 보일 정도로 억수같이 내리던 비도 축복처럼 느껴졌다.

그로부터 며칠이 지났다. 목이 점점 잠겨오더니 급기야 쇳소리가 나기 시작하고, 서서히 통증이 일었다. 더럭 겁이 났다. 수시로 따뜻한 물을 마시고, 목에는 스카프를 두르고, 누구와도 말을 길게 하지 않으며 목을 아꼈다. 그럼에도 결국은 방송을 이어가기 힘들 정도로 걸걸한 소리가 나왔다. 성대결절이 찾아온 것이다.

일주일 내내 방송을 하면서도 끄떡없었던 목이

갑자기 왜 이러는 거지? 며칠 전의 감동이

아직 남아 있는 이때에⋯⋯.

그래, 그래도 삼 주 뒤엔 목소리가 나올 거야.

알고 있잖아, 이전의 경험상⋯⋯.

　성대결절은 처음 겪는 일이 아니었다. 바야흐로 대학 신입생 시절, 강의는 빼먹어도 '주 3회 노래방'을 실천하던 그때는 대한민국에서 내로라하는 여성 보컬들의 전성기였다. 소찬휘와 김현정, 그리고 백지영까지. 시원하게 질러대는 탁 트인 발성을 장착한 여성 보컬 트로이카의 대표곡은 당시 노래 좀 부른다는 여학생들의 애창곡이었다. 목에 핏대를 세워서라도 원키로 불러서 완창했을 때의 그 뿌듯함이란! 노래를 부르다가 가성이 나오면 바로 '멈춤' 버튼을 눌렀다. 한 키를 낮춰서 부를지언정 가성으로 부른다는 건 노래에 대한 예의가 아니라면서.

　흥이 사그라들 즈음에 샤크라, 이정현, 샵, 자우림

의 노래로 숨을 고르며 두 시간여를 달리고 나면 목이 콱 잠기는 순간이 오는데 그때가 바로 집으로 돌아가는 시간이다. 그렇게 한 학기를 보내고 나자 성대에 결절이 생겼다. 가수도 아닌 평범한 여학생의 결절에 적잖이 놀라던 이비인후과 교수님의 모습이 아직도 생생하다.

그길로 곧장 수술을 하고, 수술 후 삼 주간은 '절대 휴식'이란 처방을 받았다. 당연히 노래방도 최소 반년은 출입금지. 안타깝게도 수술한 뒤로는 예전처럼 진성으로 노래를 부를 수 없게 되었다. 나는 눈물을 머금고 애창곡 리스트를 하나둘 삭제해갔다. 그렇게 나의 짧고 굵은 노래방 인생은 막을 내렸고, 다시 목소리를 되찾았다.

노래방은 잃었지만 수술 자체가 어렵거나 회복이 더딘 건 아니었다. 그래서 이번에도 편안한 마음으로 수술 일정을 잡았다. 당시에는 매일 진행하는 생방송과 녹화 방송이 있었는데, 회사에서 스케줄을 조정해준 덕분에 방송도 잠시 쉬었다.

수술을 하고 일주일간 말을 참고 지내다 보면 다음 일주일 뒤에는 목소리가 살살 나온다. 그리고 수술하고 삼 주가 지나면 일상생활이 가능해지고, 한 달쯤 지나면 방송에 복귀하는 데 문제가 없을 거다.

이런 예상과 달리 나의 성대는 수술한 지 삼 주가 다 지나도록 쉿소리조차 낼 수 없는 최악의 상태였다. 사흘에 한 번씩 수술을 집도해주신 교수님을 찾아갔다. 하지만 되돌아오는 답은 수술은 문제없이 잘되었으니 조금만 더 기다려보라는 말씀뿐이다.

교수님이 말한 조금이 한 달을 넘어 두 달을 채워갔다. 암담했다.

이거 뭔가 잘못되었구나…….

일상생활을 제대로 못한다는 불편함보다 회사에

복귀할 수 없을 거라는 불안감이 나를 짓눌렀다. 점점 얼굴에서 표정이 사라지고, 불 꺼진 방 안에 멍하니 앉아 있었다. 어떤 생각도 하기 힘들었다.

뭐지? 왜? 무엇 때문에?

처음에는 의심의 목소리가 메아리처럼 머릿속에 빙빙 맴돌았다.

어떡하지? 목소리가 계속 안 나오면…….
나온다고 하더라도 이전처럼 방송을 할 수는 없을 거 같은데…….

꼬리에 꼬리를 무는 생각은 내 인생 전반을 되돌아보게 했다.

아나운서라는 직업을 잘못 선택한 게 아닐까?

원래 내가 가야 할 길이 아니었는데
욕심을 부린 게 아니었을까?
이십 대를 바쳐 일해왔는데…….
이 일을 쉽사리 놓기도 힘든데…….
그래도 회사에 폐를 끼칠 수는 없으니
내려놓아야 하겠지?
일을 그만두고 나는 어떻게 살아야 하는 걸까?

가슴이 답답했다. 이렇게 저렇게 생각해보아도 답이 나오지 않았다. 무엇보다도 간절히 바랐던 일을 가장 신나게 하고 있는 이때, 다시는 못 하게 될 수도 있다는 현실이 너무나 가혹하고 속상했다. 아나운서가 되었을 때 누구보다 기뻐하셨던 부모님, 손녀가 방송에 나온다고 좋아하시던 할머니의 모습도 차례로 떠올랐다.

급기야 아나운서로서 미래를 포기해야 할지도 모른다는 결론에 다다르자 두려움이 엄습했다.

오래토록 꿈꿔왔던 내 인생이 빛을 잃는구나.

기나긴 번데기 생활을 마치고 이제 막 날아오르려던

나비의 날개가 꺾여버린 꼴이 이런 거구나.

절망 속에서 두 손 놓고 있었던 그때, 나보다도 더 아픈 마음으로 나를 바라보고 계셨던 아빠. 매일 눈물로 새벽 기도를 하셨던 엄마. 기약 없이 휴가를 연장할 경우 대개는 진행자가 교체되기 마련이건만 묵묵히 대타를 자청해준 동료들과 부장님. 모두 내가 무사히 회복하고 돌아오기를 응원하고 지지하며 기다려주셨다. 여러 분들 덕분에 나는 정신을 놓지 않고 조금씩 안정을 되찾아갔다. 방송은 못 할지 몰라도 건강히 움직일 수 있음에 얼마나 감사하던지.

방송국 안에서 부서 이동을 하든, 다시 공부를 하든, 뭔가 방법을 찾아보자는 생각이 들었다. 목소리가 조금 안 좋아졌을 뿐인데 이걸로 인생을 망칠 수는 없으니까. 그래, 내 인생의 전부가 아나운서는 아닌 거니까.

두 달이 다 되어가던 어느 날이었다. 마음을 모아 기도하던 중에 회복의 빛이 느껴졌다. 목이 조금씩 트이더니 쉰소리가 줄어들고 목소리가 나기 시작한 것이다. 약한 소리지만 분명한 내 목소리였다.

그렇게 부드러운 음성을 되찾고, 일주일 뒤에는 방송에도 복귀했다. 그리고 다시 무대에 섰던 그날의 감격은 지금도 잊지 못한다.

무대에 올라 마이크에 내 목소리를
흘려보낼 수 있다니…….
살아 돌아온 기분이 이런 것일까?

말 한 마디에 진심을 담지 않을 수 없었다. 웃음 한 번에 진짜 즐거움을 담았다.

무대에 오를 수 있음에 감사하자.

맡겨진 일에 최선을 다하자.

할 수 있을 때 마음껏 즐기자!

그렇게 되찾은 무대 위에서 나의 마음가짐은 예전과 크게 달라졌다. 더불어 방송을 대하는 마음가짐은 나의 삶의 자세와도 연결되었다. 내 것이 아닌 것을 욕심내기보다는 주어진 일이 곧 나의 일이라는 사명감도 생겼다. 지금 내가 이 일을 하는 데에는 반드시 이유가 있으며, 맡겨진 일에는 내 쓰임이 다 할 때까지 최선을 다해야 한다는 마음으로 임하게 된 것이다. 그래서일까? 성대결절을 앓고 난 이후에 맡은 프로그램은 중간에 교체되는 경우 없이, 프로그램이 종료될 때까지 쭉 진행했다. 그리고 무엇보다 온에어의 시간을 누구보다 사랑하게 되었다.

겨자씨보다 작은 결절 하나가 인생을 흔들어놓았다. 변하기 힘든 나를 온전히 뒤바꿔놓은 겨자씨 한 알. 그로 인해 삶에 최선을 다하는 자세와 내게 주어진 일들을 소중히 여기는 마음가짐을 다시 한 번 배웠다. 그리고 아나운서로서 받은 사랑에 감사하는 마음을 다시금 되새겨본다.

라떼는 말이야

2005년 입사시험에서 감독관으로 들어왔던 선배님이 내가 입사하고 얼마 지나지 않아 부장으로 승진하셨다. 햇병아리 시절부터 '부장님'으로 뵀고, 내게 위기가 찾아올 때마다 큰 도움을 주신 분. 연차가 쌓여도 내 생각을 모두 꿰뚫고 있을 것만 같은 눈빛과 포스는 내게 한결같은 긴장감을 선사한다. 하늘같은 그 부장님과 내가 꼭 열일곱 기수 차이인데, 올해 들어오는 신입사원이 나와 딱 그만큼의 차이라고 한다.

오 맙소사, 내가 벌써?

얼마 전 아나운서실의 막내라인 후배들과 식사 자리를 가졌다. 나이만 보면 열 살 차이지만 기수로는 열다섯 기수 차이다. 기억도 잘 안 나는 까마득한 면접 때의 이야기를 나누는데 자꾸만 내 입에서 '옛날에 나 때는'이라든가 '선배들은 말이야'라고 시작하는 문장들이 나온다.

옛날에는 데일리 프로그램에 위클리 프로그램을
하면서도 그 사이사이에 현업 라디오 뉴스를
몇 개씩 했지. 요즘은 방송 있으면 뉴스 안 시키잖아.
……나 때는 KBS 프로그램이 잘 나갈 때라서
시청률이 20~30퍼센트 넘는 건 당연했어.
……나도 다 겪은 일이야. 너도 선배가 되면
알게 될 거야.
그런데 요즘 애들은 다 그렇게 생각하니?

하아…… 개그 프로그램도 아닌데, 언제까지 이렇게 말머리마다 '나 때는 말이야'를 줄줄이 매달고 있을 건지.
문득 '내가 입사할 때는 말이야' 하며 기억을 더듬다 보니 잊고 있었던 십수 년의 세월이 주마등처럼 스쳐간다. 지금은 수십 개의 음식점이 입점해 있는 회사 앞 신축 건물이 올라서기 전에 있었던 저층의 구 건물을 기억하는 나에게 한 후배가 농담조로, 그리고 아주 깍듯하게 말한다.

"선배님은 KBS의 살아 있는 화석이십니다!"

언제부터인가 후배들에게 이른바 '꼰대'라는 말을 듣기 싫어서 조언이나 충고도 아끼고 있던 나다. 자연스러운 농담과 가벼운 이야기로 편한 선배가 되어보려 하지만 입에서는 자꾸만 옛날 이야기가 나오는 걸 어떡하나. 이왕 이렇게 된 바에야 갓 서른이 된 후배들에게 꼰대 선배가 하사하신 말씀, 가라사대!

조바심 갖지 마. 십 년 정도는 한 우물을
파야 한다고 봐. 일단 주어진 것이라면
가리지 말고 열심히 해보는 건 어떨까?
아직 네가 뭘 잘하는지 너도 모르니까.

생판 관심이 없었던 분야도 하다 보면 잘하게 되고,
재미를 느낄 수 있어. 좋아서 시작한 일인데
생각만큼 잘돼지 않아 흥미를 잃을 수도 있고.
연차가 낮을수록 다양한 경험을 하면서 능력치를
올리는 데 힘쓰고, 일단 경지에 올랐다고 생각되는
때에 다음 스텝을 준비하는 게 좋아.
남들보다 굳이 높이 올라가려고 할 필요는 없지만,
그렇다고 발전 없이 안주하면 뒤처지기 마련이거든.
특기든 취미든 일 외의 분야에 관심을
쏟는 건 삶의 활력이 될 거야. 관심은 도전의
시작이거든. 관심이 생기면 노력하게 되고,
노력하다 보면 잘하고 싶어지니까.
일에서 성취감을 맛본 사람은 어떤 분야에서든
성취감을 얻기 쉽거든. 무엇보다 성공을 향해
가는 길을 잘 알고 있으니까.
일과 취미, 두 마리 토끼를 잡는 거지.
그리고 말이야, 우리 때와는 달라서 직업이

하나일 필요는 없어. 나도 마흔이 되고 보니
우연히 시작한 꽃 작업을 잘했다는 생각이 들어.
아나운서 일을 십 년 정도 하니까 익숙해진
것처럼, 꽃도 길게 보고 해야 할 것 같지만.
시간과 마음의 여유를 갖고 꾸준히 해보려고 해.
취미를 넘어 또 다른 내 전문 분야가 될 때까지.

아, 결혼은 하되 아이는 잘 모르겠다는 후배에게
는 이 말도 보태고 싶다.

아이를 낳아보니 인생의 태도가 성숙해지더라.
내가 둘은 안 낳아봐서 모르겠는데 아이를
기른다는 건 생각보다 괜찮은 경험인 것 같아.

후유, 내가 좀 너무 나갔나?
집으로 돌아오는 길에 지나친 잔소리는 아니었을
까 반성하고 다신 그러지 말아야겠다고 다짐해본다.

한편으로는 이 모든 이야기들이 내가 아닌 너를 위해서였다고, 앞날이 구만리 같은 후배들을 향한 애정이었다고, 맛난 밥 사먹이고 좋은 이야기까지 곁들였으니 그래도 의미 있는 시간이었다고, 나 스스로에게 위로도 해본다. 그런데 누가 누구 인생에 대고 감히 이게 좋다 저게 좋다 훈수를 두고 있나. 이건 뭐, 남의 제사상에 감 놔라 배 놔라 하는 격이지.

스물네 살에 사회생활을 시작하고 지난 이십여 년을 신입 같은 마음으로 지내왔다. 처음엔 다 서툴렀지만 잘해내고 싶은 마음에 최선을 다했다. 놓치고 실수하더라도 주어진 일은 내 것으로 만드려고 노력했다 그런데 훗날 돌아보니 아쉬웠던 점이 더 많았다. 그때 거기에 더 집중했더라면 더 빨리 원하는 걸 이룰 수 있었을 텐데, 지나고 보니 내게는 이런 면도 있었는데, 그때 아니라고 포기하지 말고 더 해볼걸 등등.

부족하고 유약했던 당시의 내 판단들이 이제 와 조금 아쉬웠다. 그때 선배들도 지금의 나처럼 '서두르지 마라' '시간이 약이다' '잘하고 있다' '이거는 해봐라' '저건 아니더라' '그렇더라 이렇더라' 무수히 많은 이야기를 해줬는데 말이다. 물론 어릴 때에는 연배가 있는 선배들의 듣기 따가운 조언을 들으면서 마음속으로 '그걸 해보고 말고는 내가 선택할 일이지. 실패도 경험인데, 멀리 돌아가도 내가 직접 몸으로 부딪치고 겪어보고 판단할 거야!'라고 내내 생각했다.

맞다. 과정에서 얻는 깨달음과 경험치는 살면서 엄청난 자산이 된다. 다만 그 길을 먼저 걸어갔던 사람들의 이야기를 일부러 흘려들을 필요는 없다. 정말 아닌 건 누가 해도 아닐 수 있으니 피해갈 수 있고, 어차피 해야 할 일이라면 지름길로 달려가 시간을 아낄 수도 있을 테니까.

이쯤에서 '꼰대'의 정의를 새롭게 내려보고자 한

다. 세상 사람들은 자신이 항상 옳다고 믿는 나이 많은 사람을 꼰대라고 부른다만, 그 꼰대력은 연륜에서 나오는 것이 아닐까 싶어서다. 누군가에게 충고할 수 있다는 건 그 상황을 다 겪어봤기 때문이니까. 실수하고 실패하며 쌓인 연륜과 자신감이 없으면 가질 수 없는 마음일 것이므로. 그러니 꼰대라 함은 신입의 마음가짐에서 벗어나 내가 하는 말과 행동, 업무 능력에 대해 책임을 져야 하는 위치에서, 때로는 뒷수습도 해줄 수 있는 능력을 가진 사람을 지칭하는 것은 아닐까? 혹은 후배에 대한 무한한 애정을 발산하는 인생 선배?

그리고 오늘도 질문에 답하는 꼰대 선배의 애정 어린 충고는 쭉 이어진다.

　　○○는 목소리에 무게감을 실으면 좋겠더라.
　　○○는 목소리도 좋고 발음도 좋던데,
　　○○분야에 관심을 가져보면 어떨까?

난 네가 나와 같은 실수를 안 하길 바라.

정말 잘됐음 좋겠거든.

그 즈음에서야 슬쩍 입을 다문다. 그래도 먼저 물어봐서 얘기한 거다. 관심이 없으면 하지 못할 이야기이며, 이 또한 애정이 있어야 가능한 것이기에. 무엇보다 나도 '꼰대' 소리는 듣기 싫다. 그러니 앞으로 조심하자, '선배'라는 이름의 인간이여.

마이크의 전사들

KBS 아나운서는 입사 후 일 년간 지역 근무를 돌아야 한다. 다시 말해 바로 현업에 투입되어 뉴스를 진행해야 한다는 뜻이다. 그러므로 지역 근무지로 발령되기 전, 수습 기간 동안에는 방송의 기본기를 다지고 뉴스 진행을 연습하는 연수 기간을 거친다. 그 기간 동안 현직 아나운서 선배들은 실전을 통해 얻은 방송 스킬을 전수해주고, 수습 아나운서들은 배운 내용을 토대로 연습하고 실제 방송처럼 녹화하여 평가를 받는다. 십 수 년 전 <인간극장>에서 방송됐던 '마이크의 전사들'이라는 타이틀처럼, 무대라는 전장에서 바로 싸울 수 있는 전사로 거듭나기 위한 한 달여의 혹독한 시간들. 자존심과 자신감이 와장창 깨졌던 그 시간들. 힘들기도 했지만 아나운서로서 나를 단기간에 급성장시켜준 소중한 추억으로 남아 있다.

연수원에 나타난 선배들을 보고 신기해했던 기억이 어제 일처럼 새록새록 떠오른다. 매일 방송에서

보던 롤모델이자 흠모의 대상이었던 저 아나운서가 나의 선배라니……. 게다가 본인의 전문 분야에 대한 노하우를 아낌없이 전수해주시는 모습에는 동경을 넘어 존경의 마음이 일었다. 시청자에게 꽃다발을 전하는 마음으로 방송을 진행한다는 선배의 이야기를 들으며 내 마음을 가다듬어보기도 하고, 거울 앞에서 카리스마 넘치는 발성과 진행 능력을 선보이는 선배를 흉내 내어보기도 했다. 하지만 감동의 순간만 있었던 것은 아니다. 수업 말미, 그날 녹화한 영상을 다 함께 모니터링하는 시간이 오면 나의 현실에 쓰디쓴 좌절을 경험하게 된다. 나름 선배처럼 자연스레 한다고 했는데, 맞지 않는 옷을 입은 것 같은 어색함과 부끄러움은 온전한 내 몫이다. 거기에 꽤 혹독하고 잔인한 평가들이 더해지는데…….

　혀를 끌끌 차며 걱정 반 호통 반으로 지적하는 선배의 말이 날카로운 송곳처럼 가슴을 찔러댄다.

"선영 씨는 발음이 왜 그래요?

지도자지도자지도자…… 발음해봐요."

"지도자지도자지도자지조자지조자자지조……

지조……자"

"지도자가 지조 있는 사람일 수는 있지. 그런데

이건 어려운 발음도 아닌데 틀리면 어떡하지?"

"네……."

잔뜩 쪼그라진 어깨를 다시 펴고 다음 테스트를 준비했다. 그리고 평가를 기다렸다.

"힘이 잔뜩 들어가서 목을 잡고 있네요.

그래서야 삼십 분짜리 방송이라도 어디 하겠어요?

본인도 불편하고, 듣는 사람도 불편할 텐데."

"모, 목에 힘을 풀고 편히 해보겠습니다."

"작게 이야기하란 말이 아닌데?"

"네……."

진짜 앵커처럼 보여야 한다는 강박으로 목소리에 힘이 잔뜩 들어가자 어색하기 짝이 없었다. 평소에는 모르고 지나쳤던 이상한 습관이 드러나 스스로에게 실망도 많이 했다. 죽어라 노력해도 잘 안 되는 발음도 있었다. 입맛을 다시며 말을 한다든가, 눈을 자주 깜빡인다든가, 코에 힘이 많이 들어간다든가, 말할 때 입 모양이 비대칭이 된다는가 하는 것도 이때 알았다. 그러자 그 어려운 언론고시에 합격했다는, 하늘까지 가 닿은 자신감은 온데간데없었다. '주제 파악'이라는 것을 확실히 하게 되며 겸손해졌다. 생각해보면 기고만장해진 신입 방송인들이 부족함을 인지하고 방송에 대한 책임감을 가질 수 있도록 만드는 것, 그것이 바로 연수의 목적은 아니었을까?

　　그래, 필요할 때 가해지는 적절한 채찍질이었다.

　　이미 완성된 보석이 아니라 반짝반짝 빛날 가능성이 있는 원석을 가려내는 것이 입사시험이었다면 이제는 제대로 된 세공을 더해야 할 때다. 아나운서가 되기 위해 노력해왔던 나만의 방법을 내려놓고 공영방송 아나운서라면 누구나 몸에 익혀야 할 장단음, 자고저, 정확한 음가를 습득했다. 말할 때 힘을 빼는 법을 익히고, 마이크에 익숙해지는 법을 배웠다. 시청자들이 듣기에 편안한 발음과 발성을 하는 아나운서로 거듭나는 시간을 묵묵히 견뎌냈다.

그러던 어느 날, 뉴스 녹화 실습 시간에 당시 뉴스의 교본이라 불리셨던 대선배님께서 불쑥 찾아오셨다. 신입 아나운서들의 뉴스 평가를 하러 오신 거다. 그분의 뉴스를 교과서 삼아 연습했던 새내기 아나운서들은 그 어느 때보다 긴장했다. 다들 목소리나 발음, 시선 처리에 신경 써서 녹화에 임했다. 그리고 내 차례가 왔다.

"KBS 9시 뉴습니다……. (중략) 뉴스를 마칩니다. 시청자 여러분, 고맙습니다."

은근히 기대에 찬 마음으로 평가를 기다렸다. 이 순간을 오랫동안 기다려왔고, 나름 자신도 있었다.

그래, 아나운서로서 뉴스는 기본이지.
그동안 내가 연습을 얼마나 많이 했는데.

녹화를 하는 내내 내 얼굴을 유심히 바라보던 선배가 말씀하신다. 가슴이 두근두근했다.

"내가 보기에 이선영 씨는 눈 때문에 안 되겠어.
금방 울거나 웃거나 장난칠 것 같은,
감정이 많이 드러나는 눈이거든.
눈에서 주는 신뢰감이 안 보여.
아무래도 뉴스 앵커는 어렵겠네."

세상에, 눈이 문제라니…….
목소리나 발음 때문이라면 연습하며 고쳐보겠는

데 눈동자가 큰 눈이 문제라니…….

이건 연습이나 노력, 시술, 수술로도 안 되는 것 아닌가? 신뢰도가 문제라면 천천히 만들어갈 수 있다고 첨언해주시지, 그랬다면 좋았으련만.

그 짧은 순간 이뤄진 평가에 신입 아나운서의 마음은 무너졌다. 당시만 해도 뉴스는 아나운서의 기본 자질로 여겨지던 때라 아나운서로서 핸디캡을 갖고 시작하는 기분이 들었다.

나름 고민한 끝에 안면 근육에 힘을 풀면서 눈동자 안에 힘을 싣는 느낌으로 뉴스에 임했다. 그러자 이번에는 만화 캐릭터 같다는 평가를 들었다. 시간이 지날수록 뉴스는 내 길이 아닌가 싶어서 마음도 많이 상했다.

연수 이후 지역 근무를 마치고 본사 발령이 났다. 그리고 올라오자마자 맡게 된 프로그램은 공교롭게도 '뉴스'였다. 밝고 통통 튀는 진행자가 필요했던 스포츠 뉴스의 진행자로 낙점되었다. 눈이 크든 작든 문제될 것이 없었다. 금방 울거나 웃거나 장난칠 듯한 여동생 같은 뉴스 캐스터가 프로 선수 인터뷰를 하고, 경기를 중계하고, 직접 스포츠 체험도 하며, 생동감 있게 뉴스를 전하니 시청자들의 반응이 좋았다. 큰 눈동자가 핸디캡인 줄 알았는데 그게 나의 캐릭터를 완성해줄 무기가 될 줄이야. 그 선배님은 아주 짧은 시간 동안 기가 막히게 나를 파악하셨던 거다.

세월이 흘러 선배가 되어보니 나를 평가했던 그 선배의 마음이 뭔지 조금은 알 것 같다. 그때와 다른 점이 있다면 이제는 신입사원을 위한 혹독한 훈련의 시간이 많이 줄었다는 거다. 선후배 간에 알려주고 배우는 기간이 짧아졌고, 서로 마주칠 일이 줄어들다 보니 이러쿵저러쿵 조언과 평가를 주고받기도 어려워졌다. 새로운 프로그램을 모니터해주는 자리에서도 칭찬 일색이다. 물론 내가 막 방송에 입문했을 때보다 능력이 출중한 친구들이 많은 것도 사실이다. 그러나 그때와는 달리 서로 얼굴 붉힐 이야기는 피하는 것이 도리라고 느껴지는 분위기가 있다. 한편으로는 시대가 변해 방송에서의 캐릭터나 진행 스타일도 각자의 개성이 강조되는 시대라서 제삼자의 이야기를 듣고 자신의 방향성을 찾아간다는 것 자체가 옛날 방식이라는 생각도 든다. 그럼에도 나는 가끔 그 송곳 같은 선배들의 조언이 그립다. 위축되지 않되 무시하지는 말자고 되뇌며 나를 채찍질할 수 있었던 그때의 관심들이 무척 그립다.

피땀눈물, '아나운서의 엄마'

"오늘은 오후 4시 반에 픽업? 내일은 3시 반, 맞지?"
"네. 그때 다음 장소로 연결만 해주시면 돼요.
끝나고 바로 넘어갈게요!"

　매일 오후 2시 즈음, 엄마와의 통화는 시간 체크로 시작한다. 언뜻 들으면 연예인과 매니저의 통화 같지만, 손녀를 사이에 두고 나누는 우리 모녀의 루틴이다. 하원과 그 이후의 스케줄을 확인한 엄마는 딸에 손녀까지 챙기느라 늘 바쁘시다.

　저녁 생방송을 하는 딸과 유치원에 다니는 손녀를 위해 매일 오후 4시에 딸의 집으로 출근하시는 엄마. 딸이 방송을 위해 한창 메이크업을 받고 있을 시간에 손녀를 데리고 미술학원과 수영장을 오가며 저녁까지 먹이느라 정신이 없으시다. 그래도 방송 시간에는 어김없이 텔레비전 앞에 앉아 계신다.

　세상 모든 딸들, 그중에서도 직장 다니는 딸들, 그 직장 중에서도 하필 방송국에 다니는 아나운서 딸을 가진 우리 엄마의 하루는 십팔 년째 딸의 스케줄에 온전히 맞춰져 있다. 새벽 방송, 아침 방송, 저녁 방송…… 유달리 데일리 방송을 길게 한 아나운서 딸 때문에 기상 시간도 덩달아 늘 바뀌었다. 그냥 주무시라고 해도 꼭 일어나서 새벽 방송을 하러 나가는 딸을 배웅해주셨다. 저녁 방송을 할 때면 늦게 오늘 딸을 위해 저녁상을 두 번씩 차리신다. 상을 차려드려도 모자란데 받는 건 부담스럽다고, 알아서 할 테니 걱정 마시라고 아무리 말씀드려도 소용없다. 엄마가 차려주시는 밥상을 받을 때마다 죄스러운 마음이 들지만, 방송을 마치고 허기진 상태에서 만나는 엄마 밥은 정말 꿀맛이다. 늘 바쁜 딸의 모자란 부분을 채워주시는 엄마께 '죄송해요 감사해요'라는 말을 입에 달고 산다. 그럼 엄마는 환하게 미소를 지으며 "엄마한테 뭘 감사해, 친정엄마 없는 사람은 서러워서 어쩌라고" 하며 웃어 넘기신다. 이러니 내 나이가 마흔이 넘도록 엄마의 그늘을 벗어날 수가 없다(정확

하게는 '벗어나고 싶지 않다'가 맞는 말이지만).

가정의 화평을 위해 건강이 최고라는 엄마는 매일 두 시간씩 산책을 겸한 운동으로 하루를 시작하신다. 마음이 내키는 날엔 인천으로 달려가 싱싱한 새우젓을 구해오시고, 마장동으로 달려가 생고기를 사오신다. 그러고는 하루 종일 총각김치와 나박김치를 서너 통씩 뚝딱 담아 뜨끈한 수육과 함께 내어주신다. 평일 오후에는 딸 집에서, 주말에는 직접 가꾼 주말농장에서 종일 보내시는 엄마. 그렇게 엄마는 충실한 하루하루를 일구어 나가신다.

엄마에게 쉴 틈은 있는 걸까? 나는 엄마가 멍하니 지내는 걸 단 한 번도 본 적이 없다. 이쯤 되면 잠시도 가만히 있지 못하고 끊임없이 일을 벌이는 내가 누구를 닮았는지, 모르고 싶어도 알 것 같다.

엄마의 열정과 정성은 주변 사람들도 혀를 내두를 정도다. 무엇보다 '나에 대한 지극 정성'은 말로 다할 수 없을 만큼 무한했다.

　아주 어렸을 때부터 거실에는 항상 클래식 음악이 흘렀다. 허밍으로 흥얼거리던 몇몇 곡은 칠 줄 아는 곡인가 싶어서 건반 앞에 앉아본 적도 있는데, 기억에서만 존재하는 곡이었다(그만큼 많이 들었다는 뜻이겠지). 나도 엄마처럼 딸아이를 위해 평소 동요를 들려주려고 하는데 생각만큼 쉬운 일이 아니다. 잊지 않고 틀어놓으려면 그조차 정성과 성실함이 필요했다. 영재가 아닌 내가 영재 교육을 받고, 아역배우 학원을 다니고, 악기에, 그림에, 웅변학원까지 섭렵하며 살았던 건 순전히 엄마 덕분이다. 잠 많은 딸이 아침에 겨우 눈을 떠서 씻고 비몽사몽간에 머리를 말리고 있노라면 어느새 입안으로 비빔밥이 턱 들어온다. 행여나 딸이 굶고 등교할까 걱정이 되어 밥까지 떠먹여주신 엄마. 어떤 상황에서든 내가 온전히 나에게만 에너지를 쏟을 수 있는 환경을 만들어주셨다고나 할까?

남매를 키우며 다른 집 아이들까지 보는 게 쉬운 일은 아니었을 텐데도 어릴 적 우리 집은 늘상 온 동네 아이들로 복닥거렸다. 엄마는 그렇게 놀면서 자연스레 다른 사람들과 어울리는 법을 알아가길 바라셨다. 또 방학이 시작되면 전국 방방곡곡, 동서남북 끝자락까지 안 가본 곳이 없다. 넓은 세상을 많이 경험해보고 피부로 느껴보길 바라는 엄마, 아빠의 배려였다. 실제로 아이를 낳아 키워보니 노는 것도 힘이 있어야 한다는 생각이 드는 요즘, 새삼 엄마의 체력이 놀랍게 느껴진다. 예나 지금이나 바깥에서 사먹는 음식이나 낯선 잠자리를 유독 불편해하시던 분이 시간이 날 때마다 밖으로 우리 남매를 데리고 나가셨다니……. 새삼 그 사랑과 열정의 크기가 어마어마하다는 생각이 든다.

　내 기억 속의 엄마는 교회 가는 날에만 성장을 할 뿐 늘 바지만 입으셨다. 하지만 젊은 시절의 엄마는 잘록한 허리선이 강조된 세련된 투피스에 하이힐을 즐겨 신는 멋쟁이셨다(세상에, 그렇게 멋진 여성이었는데……).

언젠가부터 늘 간편한 차림에 편한 신발만 신는 엄마가 안타까웠다. 한번은 마음을 먹고 백화점으로 모시고 가서는 하늘하늘 내려오는 긴 블라우스에 주름치마를 권했다. 하지만 엄마는 본인의 스타일이 아니라며 딱 잘라 거절하셨다. 그 옛날 아름다웠던 때의 모습을 보고 싶은 딸의 간절함보다는 가족들을 보살피고자 하는 마음이 앞선 탓이리라. 엄마의 단호한 거절은 여성으로서가 아닌 가족을 지탱하는 엄마로서만 존재하겠다는 다짐처럼 들렸다. 자신의 취향과 스타일을 모조리 바꿔가면서까지.

그런 엄마가 오래전부터 당신의 인생 제2막을 준비해오신 걸 나는 잘 알고 있었다. 지금껏 누려온 것들을 어려운 이들에게 베풀며 살고 싶다는 꿈, 봉사하는 삶을 위해 요리와 상담까지 공부하셨던 그 열정, 이 얼마나 멋진 분인가!

안타깝게도 엄마의 꿈은 시작도 전에 예기치 못한 복병을 만나 좌절되고 말았다. 나의 임신과 출산이 엄마의 발목을 붙잡았으니까.

그렇게 엄마의 인생 제2막은 조용히 사라졌다.

세월이 흐른 만큼 사랑의 크기는 더 커지나 보다. 딸에 이어 손녀에게까지 이어지는 내리사랑. 두 돌이 지난 내가 한글을 깨쳤다는 엄마의 말을 나는 내 딸을 키우면서 전혀 믿지 못했다. 그리고 네 살이 된 손녀가 한글을 깨치지 못한 걸 보시고는 당장에 학습지를 사오시겠다는 엄마를 간신히 말렸다.

"엄마, 글자보다 그림을 봐야 한대. 요즘 트렌드는 한글을 늦게 떼는 거래."

하지만 팬데믹이 시작되고 난 뒤, 백일 가까이 집안에 갇혀 손녀와 단둘이 지낸 엄마는 기어이 손녀에게 한글을 가르치셨고, 거짓말처럼 아이는 한글을 떴다. 아무리 생각해도 그건 불가능하다고, 엄마가 잘못 기억하는 거라고 했던 말이 무색해질 만큼. 학습지나 선생님의 도움 없이 할머니 무릎에 앉아 책 읽기에 재미를 붙인 딸은 얼마 안 있어 종이에 글씨를 끼적였다. 그리고 여섯 살이 되자마자 책 읽기 독립을 선언하기에 이르렀다.

"엄마, 나 어릴 적에 엄마 덕분에 뭔가 어려운 걸
극복해내고 그런 감동 스토리 없어? 책에 넣게."
"넌 그런 거 없었어. 넌 네 할 일을 하고,
난 내 할 일을 하고, 서로 열심히 산 거지."

난 내가 해야 할 일을 한 거지만, 엄마는 내가 해야 할 일을 대신해준 거잖아요…….
죄스러운 표정을 지어 보이는 내게 엄마는 엄마로서 최선을 다한 것뿐이라고, 힘든 줄도 몰랐다며 미소를 지어 보이신다. 지금 이 순간에도 방송 일에,

꽃에, 책에, 쉼 없이 달리는 경주마 같은 딸이 레이스에서 즐길 수 있도록 빈자리를 든든히 채워주시는 엄마.

나이가 들수록, 무언가를 성취할수록, 그것이 나만의 것이 아님을 더 깊이 깨닫게 된다. 엄마가 없었더라면, 아니, 엄마 딸이 아니었더라면 여기까지 올 수 없었음을 이제는 잘 안다. 그리고 엄마의 피땀눈물로 오늘도 아나운서로서 나의 하루가 완성되고 있음을.

나누는 삶

"엄마, 저 아저씨는 추운데 왜 바닥에서 자고 있어?"

"사정이 있어서 집에 못 가시나 봐. 배고프실 텐데
우리가 간식 좀 사다드릴까? 소원이가 골라 봐."

"물이랑 두유랑 초코바!"

아이는 기가 막히게 기억했다. 지난 여름 남대문
지하통로에 누워 계셨던 분께 엄마가 건넨 물품 목
록을. 자기가 골라온 초코바 포장지 색깔이 노란색
이라는 것까지. 거기에 약간의 용돈을 쥐어드렸던
그날의 기억이 머릿속에 선명했나 보다. 나는 아이
가 기특하고, 나눔의 달콤함을 느끼게 해주고 싶어
서 솜사탕을 사주었다.

아이가 다섯 살이 되던 해 겨울방학에는 자선봉
사단체 활동에 데려갔다. 독거 어르신들께 음식과
선물을 준비해 나눠드리는 봉사였는데 엄마가 배달
에 나선 사이, 스프링클 사탕이 잔뜩 든 통을 선물받
은 모양이다. 아이는 뚜껑을 열고 심사숙고한 끝에

사탕을 몇 개만 고르더란다. 더 가져가라는 삼촌의 말에도 "다른 이모들도 먹고 싶을 거예요"라며 가족들에게 나눠줄 여분의 사탕을 챙기는 게 다였다. 아이의 마음이 대견하여 봉사자들이 가방에 좀 더 담아준 사탕은 경로당에 온 어르신과 봉사자 들에게 나눠드리고, 개수가 모자라자 선뜻 자기 간식까지 꺼냈단다. 그 자리에 엄마도 없었는데, 누가 시키지도 않았는데, 자기가 제일 좋아하는 과자를 망설임 없이 내미는 이 아이가 세상에 하나밖에 없는 내 딸이다.

아이가 일곱 살이 되던 새해 첫날, 한 해의 계획을 일곱 가지 항목으로 나눠 세웠다. 그중 하나는 '나눔'으로 정했다. 우리 부부는 아이의 의견에 따라 다섯 명의 친구을 더 후원하기로 했다. 나눔 현장에 직접 가서 물품을 전달해보자는 계획도 세웠다. 그리고 아이와 함께 편지를 쓰고 친구들에게 선물을 보내는 계획까지 세워 실천중이다.

아이에게만큼은 나눔을 습관이자 체질로 만들어주려고 한다. 엄마는 나누는 기쁨을 늦게서야 깨달았지만, 아이는 숨 쉬는 것만큼 자연스러운 일로 느끼게 해주고 싶다. 아이가 살아갈 세상이 어쩌면 지금보다 더 팍팍한 곳이 될는지도 모르고, 나눔을 하기 위해서는 감수해야 할 상황들이 더 늘어날는지도 모르겠다. 그때 자기가 가진 것을 조금 아껴서 나누는 게 당연한 사람이라면 어떨까. 부족해서 불편함을 느끼기보다 나눔으로 행복함을 느낄 수 있는 사람이라면 어떨까. 팍팍한 세상에서 함께 살아가는 법을 알고 있는 사람이라면 어디서도 제 몫의 사랑을 받고 나누며 살 수 있지 않을까.

사실 나는 나누는 삶에 처음부터 적극적인 것은 아니었다. 아나운서가 되고 나니 재능 기부를 할 기회가 많아졌고, 자연스레 '진행'이라는 기술을 달란

트 삼아 나눔의 현장에 서게 되었다. 비단 연말 성금 모금 특집 방송이 아니더라도 어려운 이웃을 섬기는 많은 단체에서 진행하는 행사에는 진행자가 필요하다. 하지만 다문화 여성들이 주최하는 바자회에서도, 교회 청년들을 위한 비전 강의에서도, 그 외 각종 자선 행사에서도, 진행자로서 서는 것은 마음과 생각을 미리 정리해두어야 가능한 일이다. 무엇보다 행사의 취지에 충분히 공감하는 마음을 담아 준비해야 한다. 어떤 도움이 필요한지 공부하고, 더 필요한 것이 무엇인지 고민해봐야 진심에서 우러나온 이야기를 할 수 있다. 지나가던 사람들의 발길을 붙잡아 그들의 마음을 열고, 행사에 참여한 이들의 공감과 후원을 이끌어내기 위해서는 아나운서인 나부터 진심이어야 하지 않겠는가.

고백하건대 나는 나눔에 앞장서는 마음 따뜻한 사람들과는 결이 다르다. 나눔과 봉사가 너무 좋아서, 뭔가를 줄 수 있음에 감사하며 열정적으로 나아가는 사람들을 보면 그 순수함이 부러울 정도다. 직접 보고 느끼고 알아야만 움직여지는, 딴에는 이성적인 내가 변화를 받아들이는 데에는 많은 시간과 노력이 필요한 탓이다. 또 처음에는 설레는 마음으로 시작한 재능 기부와 봉사 활동도 사는 게 바쁘다 보니 시간과 마음을 쏟아내는 게 쉽지는 않았다. 그렇다고 얼렁뚱땅 몸만 가서 하는 척하는 건 성격과도 맞지 않아서 한정된 에너지를 나눠서 쓰려니 힘에 부치기도 했다. 그렇지만 받은 재능에 대해 은혜를 갚아야 한다는 마음으로 재능 기부를 꾸준히 이어갔다. 의무감으로 찾아갔다가 돌아올 때는 현장에서 받은 감사와 깨달음이 내 마음을 가득 채웠다. 행사를 진행하며 변화되는 생각을 통해, 나라는 사람이 담고 있던 작은 그릇이 조금은 커지고 있다는 느낌마저 들었다. 봉사는 내가 주러가는 게 아니라 오히려 받으러가는 것이며, 타인을 위해서가 아니라 나를 위해서 하는 거라는 말씀이 떠오른다. 이렇게 오 년, 또 십 년이 지나면 지금보다 더 나은 내가 되어 있지 않을까? 내 아이를 위해서라도, 조금은 더 살 만한 세상을 만들어야 하지 않을까?

이제는 방송 시간과 겹치지만 않는다면 어려운 이웃들에게 물품키트를 만들어 전달하는 행사, 해외 결연 아동을 후원하는 이들을 위한 행사, 나눔에 대한 인식을 재고하는 각종 자선 행사 등에 기쁜 마음으로 달려가 함께한다. 기꺼이 참여하는 마음을 소중히 여겨주시는 분들과 인연을 맺다 보니 어느샌가 기아대책기구의 홍보대사에도 임명되었다.

아이와 함께 간 봉사 현장에서, 길에 누워 지내는 노숙인을 만나며 아이가 보여준 따뜻한 마음에서, 한참 부족한 엄마가 쌓아온 나눔의 삶이 아이의 마음에 뿌리내리고 있음을 느낀다. 엄마가 다녀온 필드트립 사진을 보며, 아프리카 아이들을 위한 구호광고를 보며, 생각이 많아진 내 딸 소원이. 오늘도 먼 나라 친구들을 위해 저금통에 용돈을 넣는다.

어릴 적 마음 밭에 심어진 이 나눔의 씨앗이 쑥쑥 자라 언젠가 아이의 삶에서 아름다운 열매를 맺기를 간절히 바란다. 그리고 받은 것을 나눌 줄 아는 사람으로 함께 성장하기를 바라며 오늘도 잠들기 전 아이의 머리맡에서 기도한다.

우리 소원이가 사랑을 듬뿍 받고,
받은 사랑을 흘려보내는
축복의 통로가 되게 해주세요.

안경 쓴 1호 아나운서

"생각보다 아픔이 많았네요……."

"괜찮아요, 아프지 않았어요!"

    2013년, 서로의 마음을 보듬어줄 사랑하는 사람을 만났다. 만나고 보니 같은 교회 사람이었고, 좋아하는 분야는 많이 다른데 취향은 은근히 비슷했다. 마블과 좀비 영화를 좋아하는 그와 달리 나는 잔잔한 멜로 영화를 좋아했다. 그는 힙합을 비롯하여 온갖 장르의 음악을 가리지 않고 듣는 반면, 늘 소리가 많은 곳에 있어서인지 나는 틈이 날 때마다 조용한 곳에서 책을 읽거나 그림을 그렸다. 표면적으로는 전혀 다른 성향을 지녔지만 둘 다 사람이 많고 유명한 곳을 좋아하지 않는 공통점이 있었다. 그래서였을까? 그와 함께한 뒤로는 우리 눈에만 보이는 특별한 곳을 찾아내어 간직하게 되었다. 휴양지보다 다양한 센스를 느낄 수 있는 도시를 사랑한 우리는 서울 곳곳을 누비며 서로에 대해 깊이 알아갔다.

한창 연애를 하던 중에 인도네시아 숨바로 일주일간 단기 봉사를 떠나게 되었다. 일 년에 한 번 있는 일주일간의 휴가는 직장인에게 매우 소중한 것이다. 그런데 그 소중한 휴가를 여행이 아닌 선교 봉사에 헌신한 거다. 그만큼 내게 소중한 추억이 되었던 건 말할 것도 없다.

　　방송일과 연애로 바쁘던 중에도 주 사흘은 봉사를 위한 예배에 참석했다. 한 달 동안 함께 떠나는 이들의 마음이 하나로 모아질 수 있도록 기도하고, 잘 알려지지 않은 숨바의 환경을 공부하고, 가서 해야 할 일들을 숙지했다. 떠나기 전날, 위험한 곳은 아니지만 워낙 오지라서 많이 힘들 거라는 말로 걱정하며 기도해주던 그의 따뜻한 손길이 지금도 생생하게 기억이 난다.

　　인도네시아에서도 유독 환경이 열악한 숨바는 발리에서 낡은 경비행기를 타고 한 시간을 더 들어간

곳에 있다. 경비행기에서 내린 뒤에도 트럭을 타고 비포장도로를 달리다가 또 배낭을 메고 몇 시간을 걸어 산골로 들어가야 목적지인 마을에 도착한다. 당연히 수도와 화장실은 없고, 쌀과 같은 곡식도 거의 없다. 가가호호 기르는 닭들도 먹을 게 많지 않아서 그런지 비쩍 말랐다. 그곳에서 우리는 식사도 현지인들과 함께 같은 음식을 먹었다. 멀리 한국에서 온 이방인들을 낯설어하던 숨바 사람들도 함께 음식을 나눠 먹으며 자연스럽게 가까워졌다. 비록 말은 통하지 않았지만, 함께 예배를 드리고 뛰어놀며 서로의 마음을 깊이 느끼게 되었다.

그리고 구순구개열로 고통받던 '그레이스Grace'란 이름의 꼬마를 만났다. 까맣게 빛나는 눈동자가 예뻤던 그레이스의 상태는 무척 심각해 보였다. 여섯 살이 될 때까지 죽만 겨우 삼켰다는 아이는 앙상하게 말라 있었다.

훨씬 더 커야 할 것 같은데…….

훗날 그레이스는 서울로 와서 구순구개열 수술을 받았다. 오지의 산골 마을에서 태어나 출생신고도 안 되어 있던 아이가 수많은 사람들의 도움과 인도하심으로 배를 타고 섬을 나와 여권을 만들고, 비행기에 몸을 실어 대한민국 서울로 온 것이다. 세 갈래로 갈라진 입술과 구멍 난 입천장이 하나로 꿰매진 그레이스의 모습에 함께 온 그레이스의 아버지는 이 모든 것이 '기적'이라고 했다. 신의 존재를 전혀 모르던 아버지가 복음을 직접 체험하고 믿게 된 것이다. 아이가 회복된 후 놀이공원에 데려가 즐거운 시간을 가졌는데, 그 아이의 기쁨과 행복이 고스란히 전해져왔다. 남자친구였던 그도 놀이공원으로 달려왔다.

그레이스는 자신의 이름처럼 삶이 은혜로워졌다. 그리고 나는 그레이스의 삶에 일어난 기적과 그 기적이 일어나는 모든 과정을 지켜보며 삶이 우리에게 주는 은혜에 감사했다.

숨바에서 만난 어린이들은 대체로 꿈이 없었다. 제대로 된 직업을 가진 어른을 본 적이 없기 때문이다. 그렇다고 불행해 보이지는 않았다. 되레 가진 것에 만족하며 욕심 없이 사는 그들의 모습이 평온해 보였다.

대한민국에 살면서 배를 곯아서 걱정, 물이 안 나와서 걱정인 적은 없었다. 수도를 틀면 물이 넘치게 나오고, 배가 나와서 걱정이지 고파서 걱정은 아니었다. 넘치게 부자로 살지는 않았지만 모자람 없이 채워주시는 부모님 덕분에 큰 걱정이 없이 살아 왔다. 내 나이 서른이 되도록 가장 힘들었던 건 하고 싶은 것을 못 했을 때였고, 그마저도 결국에는 이뤄내는 삶을 살았다.

숨바에서 깊은 깨달음을 얻고 온 뒤로 나를 둘러싼 환경에 감사하는 마음을 갖고 살아야겠다고 다짐하던 때였다. 눈에 불편감이 찾아왔다. 며칠이 지나도 건조하고 뻑뻑한 기운이 가시질 않아 안약 처방이라도 받을까 싶어 동네 안과를 찾았다. 하지만 의사 선생님은 좀 더 정밀한 검사를 받아보는 게 좋겠다고, 처방전 대신 진료 의뢰서를 건네셨다. 결혼을 약속하고 그레이스를 보며 감사한 마음으로 삶을 바라보던 이때에 하필이면…….

매일 이어지는 생방송과 결혼 준비를 하던 중에 안과 진료로 유명한 모 대학병원을 찾았다. 몇몇 검사를 마치고, 담당 교수님을 찾아뵀다. 교수님께서는 두말할 것도 없이 수술이 필요해 보인다는 진단을 내리셨다.

'아…… 청천벽력이란 말은 이럴 때 쓰는 거구나.'

구순구개열 꼬마처럼 겉으로 보이는 이상은 전혀 없었다. 이렇게 몸 한 군데 아픈 곳도 없이 건강한데 치료를 해야 한다니, 믿기 힘들었다. 생전 처음으로 대학병원에서 시행하는 검사 과정을 몸소 체험했다. 검사 결과를 기다리는 일주일간 엄마는 초조함을 감추지 못하셨다. 엄마를 보며 나는 최고의 효도는 건강이라는 것을 다시금 실감했다.

그렇게 긴장된 일주일을 보내면서 정말 신기했던 건 나 스스로의 마음가짐이었다. 불만도, 불안감도 없었다. 되레 너무나도 담담했다. 마음 깊은 곳에서부터 밀려오는 알 수 없는 평온함에 평소와 다름없는 생활을 했다.

그레이스의 은혜를 바라봤기 때문인 걸까?

그 먼 숨바 땅에서 태어날 때부터 장애를 갖고 살다가 어쩌면 영양실조로 조금 더 일찍 세상을 떴을지도 모를 그레이스가, 그 어린 아이가 먼 타국에 와서 수술을 받고 완치해서 돌아간 기적을 곁에서 지켜본 까닭일까? 상상도 못 할 불가능이 가능해지는 기적을 맛보고 난 뒤라 나의 병은 더 이상 병이 아닌 것처럼 느껴졌다. 아픈 곳도 없고 불편한 곳도 없으며, 세계 최고의 의료시설을 갖춘 나라들 중 한곳에서 태어난 것 자체가 이미 기적이므로.

　일주일이 지나 다시 병원을 찾았다. 다행히 간단한 수술로 깔끔하게 나을 수 있다는 결과가 나왔다. 물론 수술 후 한 달 남짓 화장은 할 수 없었다. 그래서 안경을 쓴 채로 방송을 이어갔다. 딱히 아픈 곳도 없었고, 누워만 있기에는 체력도 넘쳤다. 방송을 쉴 이유가 어디에도 없었다. 무엇보다 주변에 알리지도 않고 조용히 넘기던 일이었다. 다들 왜 안경을 쓰고 방송을 하는지에만 관심을 기울일 정도로 말이다. 물론 그때마다 나는 똑똑해 보이지 않느냐고, 안경을 쓰고 방송한 1호 아나운서가 아니냐며 웃어넘겼다. 늘 그래왔듯이, 나는 감사하는 마음으로 신나게 방송을 해나갔다.

　물론 그 모든 상황이 마냥 평온했던 것만은 아니었다. 남자친구와 그의 가족들의 반응이 걱정됐다. 좋은 일을 앞두고 갑자기 몸이 아프다는 이야기가 마냥 반갑지는 않으셨을 것 같아서……

이런 내 마음이 전해졌던 걸까? 아니면 그레이스의 은혜가 나에게도 깃든 걸까?

마음을 담아 기도할 테니 아무 염려 말라고 하시는 어머님의 따뜻한 말씀에 한시름 놓았다. 나를 그저 있는 그대로 바라봐주는 그의 눈빛에 안도했다.

그렇게 나는 사랑하는 가족이 더해졌다

계단 오르기

"선영 씨 얼굴 클로즈업해주세요(눈물이 뚝뚝

떨어지는 눈에서 줌아웃되며 스튜디오로 인)!"

"다리를 절뚝이며 딸을 배웅하는 아버지의 모습에

가슴이 너무 아픕니다. 두 분…… 언제 또다시

만날 수 있을까요."

베트남에서 이주해 온 여성의 사연이었다. 눈먼 아버지를 두고 한국의 농촌으로 시집을 와서 자녀를 둘이나 낳는 동안 한 번도 가보지 못했던 고향. 방송을 통해 몇 년 만에 찾아간 그녀의 친정은 여전히 팍팍했다. 가끔 딸이 보내준 용돈으로 조그마한 가게를 차렸다는 아버지는 딸이 온다는 소식에 나무에 올라가 열매를 따다가 떨어져 다리를 다쳤다. 3박 4일간의 꿈같은 시간이 흐르고, 아픈 아버지를 두고 떠나야 하는 딸의 모습에 그만 눈물이 터지고 말았다.

다음 날 방송 게시판에 검은 눈물을 흘리던 여자 아나운서의 모습이 뇌리에서 잊히지 않는다는 시청자 후기가 줄지어 올라왔다. 마스카라가 묻어나는 줄도 모르고 눈물을 펑펑 쏟는 모습을 보며 공감의 눈물을 흘리게 됐다는 후기를 보면서는 나와 같이 느껴주셨구나 싶어 살포시 미소를 짓기도 했고.

고향을 떠나 머나먼 대한민국에 시집 온 아내이자 며느리인 다문화 여성들과 함께 방송했던 <러브 인 아시아>는 내 방송 인생에서 반짝반짝 빛나는 보물 같은 프로그램이다.

방송을 제법 즐기게 된 오 년 차에 맡았는데, 진행자로서 이야기에 녹아드는 비법을 깨닫게 해준 프로그램이었다. 그 어떤 냉혈한도 우리 방송을 보면 마음이 녹을 거라며, 출연자 사연에 몰입하고 공감하며 위로해주었다. 함께했던 선배와 제작진, 출연진의 팀워크도 최고였다. 당시 출연했던 다문화 여성들과는 지금도 간간이 연락을 주고받으며 소중한 인연을 이어오고 있을 정도이다. 무엇보다 <러브 인 아

시아>는 아나운서가 되어 '선한 영향력'을 나누고 싶다는 나의 오래된 소망을 이루게 해준 프로그램이기도 하다.

방송이 한창 무르익을 당시, '다문화'에 대한 관심이 고조되면서 다문화법에 대한 입법은 그야말로 핫이슈였다. 문제는 세간의 관심이 몰려 있는데도 정작 당사자들의 이해는 전혀 고려되지 않았다는 점이다. 안타깝게도 그저 입법을 위한 법령이 준비되고 있을 뿐이었다. 얼마나 답답했는지, 관련 행사가 있을 때마다 '선영 동생'을 찾는 다문화 여성들과 교류하며 많은 이야기를 나눴다. 사회의 구성원으로 당당히 살아가고자 했던 다문화 여성들. 그들은 자신보다 힘든 처지에 있는 이들을 돕기 위해 봉사 단체까지 만들어 활동했다. 나는 자신의 자리에서 최선을 다하며 살아가는 그 여성들의 생각과 태도에 깊이 매료되었다.

그러나 방송 매체에서는 연일 남편의 학대와 폭

행으로 숨지는 이주 여성들의 기사를 보도했다. 시어머니와의 갈등은 물론, 태어난 자녀들 역시 제대로 된 교육을 받지 못해서 힘든 시간을 보내고 있다는 기사들도 앞다퉈 쏟아졌다. 내가 아무리 애써본다 한들, 그들에게 실질적인 도움을 주기 어렵겠다는 자괴감이 밀려왔다. 너무나 좋은 사람들인데, 당연히 누려야 할 권리인데, 누리지 못하고 사회적 약자로서 고통받는 상황이 너무 속상했다. 내가 그들을 위해 할 수 있는 일은 너무도 제한적이었다. 그러던 중에 로스쿨이 설립된다는 소식에 귀가 번쩍 뜨였다.

다문화 가정에 대한 인식 개선에 앞장서는
인권 변호사이자 아나운서가 된다면,
지금보다 실질적인 도움을 줄 수 있지 않을까?

그들에게 힘이 되고 싶다는 생각이 앞서 아무런

준비도 없이 로스쿨 첫 회 시험을 치렀다. 언어와 추리 논증, 그리고 논술로 세 과목이었는데, 입사시험 때를 떠올리며 당당하게 도전했다(결심이 서면 바로 따라붙는 이 무모한 추진력이란). 결과는 예상한 대로 낙방. 하지만 낙담만 하고 있을 시간이 없었다. 곧장 다음 해를 준비해야 했다.

저녁 근무를 하며 상대적으로 한가한 오전 시간에 로스쿨 입시학원에 다녔다. 새벽 6시 반, 집에서 나와 출근 전 다섯 시간 동안 수업을 매일 들었다. 그렇게 반년을 정신없이 준비한 끝에 본시험을 보고, 결과를 얻었다.

나, 정말 앞만 보고 열심히 여기까지
달려왔구나…….

서울에 있는 로스쿨 두 군데에 지원하기로 마음 먹고 나서야 현실도 바라볼 수 있었다. 남은 인생을 좌우할 만한 큰 결정을 눈앞에 두고 있다는 생각에 괜스레 머릿속이 복잡하고, 마음이 허공에 둥둥 떠다녔다.

아나운서 생활 오 년, 짧은 감이 있기는 해도 보람찬 시간이었어. 앞으로 삼 년간 업그레이드해서 '변호사 겸 아나운서'로 무대에 다시 돌아오리라.

다시 생각해도 참으로 멋진 계획이 아닐 수 없었다. 나는 인생의 중대사를 결심하고 머리나 식힐 겸 짧은 여행을 떠났다. 여행지에서 만난 사람들에게 그간의 고민도 나누며 오랜만의 휴가를 만끽했다. 좋은 사람들과 여행을 다니며 마음의 여유가 생기자 불현듯이 의문이 떠올랐다. 나에게 방송은 어떠한 의미였는지, 내가 해온 일과 앞으로 하려는 일, 그 중심에 과연 내가 있는 것인지에 대해 곰곰 되돌아보았다.

그러자 아나운서가 되기 위해 치열하게 준비했던 시간과 신나게 방송하던 순간 들이 주마등처럼 스쳐 지나갔다.

아나운서로서 걸음마를 마치고 이제 달려나가야 할 때인데 지금 멈추고 새로운 길로 나아가는 게 맞는 것일까?
'변호사 겸 아나운서'가 되겠다고 하면서 아나운서로서 이룬 것이 있는가?
다음 스텝으로 넘어가기 위한 실력은 제대로 갖추고 있는가?
소명의 길을 걸어가겠다고 했으면서, 내 의지대로 충동적인 선택을 하려는 건 아닌지?
무엇보다 내가 도움을 주려는 그들에게 '나 아니면 안 돼'라는 생각이 맞는 걸까?

아나운서로서의 정체성을 고민하는 내게 많은 학

생들의 멘토 역할을 자청하는 지인께서 이런 얘기를 해주셨다. 명문대 경영학과에 합격한 학생이 어느 날 갑자기 아프리카 선교를 떠나겠다고 했단다. 봉사의 삶에 대한 부르심을 느꼈다면서. 지인은 그 학생에게 '만약 그렇다면 경영학과에 합격하지 않았을 겁니다. 처음부터 아프리카로 갔을 테죠. 그 자리 또한 누군가를 위해 예비되었으니까요'라고 조언했단다. 학생의 본분에 최선을 다해보라면서. 그 마음가짐이라면 자신이 있는 곳 어디서든 봉사하는 삶을 살게 될 것이고, 누구에게 물어보지 않아도 그것이 소명임을 스스로 확신할 수 있을 것이라고.

그 이야기를 들으며 나는 다시금 깊은 고민에 빠졌다.

KBS라는 회사에서 내가 올라갈 수 있는 계단이 열 개라면 현재 내 위치는 어디일까? 세 계단쯤은 올라섰을까?

이곳에서 해야 할 나의 임무를 완수해서

열 계단에 다 오른다면 어떻게 되는 것일까?

그때는 내 의지대로 움직이지 않아도

자연스럽게 나의 지경地境이 넓어지는 건 아닐까?

그러고 나니 일단은 내가 생각하는 계단의 끝까지 올라가봐야겠다는 생각이 들었다. 계단 정상에 올라선 뒤에 다시 생각해봐도 늦지 않으리라, 나 스스로를 설득하면서.

팔 개월간의 입시 대장정을 끝으로 나는 로스쿨 진학을 포기했다. 그러자 그동안 짓눌려왔던 책임감과 사명감에서 조금은 자유로워졌다. 마음가짐도 전보다 훨씬 여유로워졌다. 맡겨진 일에 최선을 다하고, 주어진 상황보다 섣불리 앞서 나가지 말자는 마음의 다짐도 하게 되었다. 그리고 묵묵하게 내 자리에서 최선을 다했다. 그래서였을까? 내게 온 프로그램을 내게 꼭 맞게 맡겨진 임무라고 생각하니 방송이 더 즐겁고 소중해졌다. 전처럼 아쉽고 서운한 일이 없어졌고, 힘든 고비가 찾아와도 버틸 수 있는 힘이 생겼다. 되레 열 계단을 다 오르고 'Mission completed! What happens next?'를 외칠 날이 기대되었다.

그로부터 십 년을 더 달려왔다. 아나운서로서는 제법 다양한 경력을 쌓게 되었다. 스포츠 뉴스, 예능 프로그램을 거쳐 각종 특집 방송과 교양 프로그램을 두루 거치면서 방송 자체가 몸에 착 붙은 듯이 익숙해졌다. 데일리 정보 프로그램을 십 년 넘게 진행하며 매일같이 방송에 나왔다. <무엇이든 물어보세요>와 <2TV 생생정보>를 통해 시청자의 입장에서 모르는 걸 물어보고, 일상에서 필요한 다양한 정보들을 이해하기 쉽게 전달하는 역할을 했다.

사람의 마음을 어루만지고 격려하는 프로그램을 진행하면서 방송인으로 사는 삶에도 따뜻한 변화가 일기 시작했다. 다문화 이해 프로그램 <러브 인 아시아>에서는 출연자의 마음에 공감하는 역할을, 고등학생 취업프로그램 <스카우트>에서는 학생들의 열정을 응원하고 지지해주는 역할을, 멀리 아프리카땅에서 고통받는 아이들을 돕기 위한 프로그램 <바다 건너 사랑>에서는 울고 웃는 시간을 통해 후원을 독려하는 역할을 하며 깨닫는 바도 있었다.

　내가 전면에 나서서 직접적인 도움을 주지 않더라도, 방송을 통해서 전하는 나의 진심 한 조각이 사람들의 마음을 어떻게 움직이는지 알게 된 것이다. 나의 진심은 다문화 여성들과의 인연을 만들어주었다. 원래는 두 명만 뽑힐 학생이 네 명 다 뽑히게 되는 기적을 보여주었다. 보다 많은 사람들이 아프리카 아이들에게 온정의 손길을 전하며 그들의 삶뿐만 아니라 자신의 삶까지 변화시키는 계기를 만들어주었다. 가장 큰 변화는 내게 있었다. 처음에는 그저 진행자로서 잘하고 싶었던 여러 노력들이 내 생각과 마음까지 바꾸었다. 막연히 '선한 영향력'을 끼치는 방송인이 되고 싶다는 꿈에도 한발 더 다가설 수 있었다.

내 한 마디에 진심을 담아 눈으로 공감하고, 마음으로 울어주면 보는 사람들의 마음도 감화된다. <바다 건너 사랑>을 진행할 때, '힘겹게 살아가는 아이들을 위해 여러분의 도움이 필요합니다'를 말로만 할 수 없어서 각 NGO를 통해 아이들을 먼저 후원하고 그 마음을 담아 멘트를 했다. 진심이 브라운관 너머에 있는 시청자들의 마음에도 가 닿기를 바랐다.

진심이야말로 사람의 마음을 움직이고, 사회를 변화시키는 가장 큰 힘이다. 그 변화의 가장 큰 수혜자는 바로 나 자신이 아닐까? 바로 지금 이 순간에도 내가 아나운서로서 방송을 이어가야 할 소명을 생각하게 되었으니 말이다.

본캐와 부캐

저는 떠납니다. 이제 막 백일이 지난
갓난쟁이를 두고 머나먼 타국으로 떠납니다.
아가야, 엄마를 잊어버리면 안 돼!
자랑스러운 엄마가 되어 돌아올게!

아직도 손목과 콧날이 시큰했던 그날의 기억이
또렷하다. 모유 수유로 유달리 튼실하게 키워낸 젖
먹이를 두고 독일로 가는 비행기에 몸을 실었던 그
날, 그리고 한 달 동안의 이별.

이젠 떠나야 한다. 돌아올 때는 플로리스트가 아
니라 '플로리스트 마이스터'로서 이 땅을 밟으리라!

2016년 9월에 출산을 하고 오십 일이 지났을 무
렵이다. 몇 년간 꽃 수업을 해주셨던 선생님께서 연
락을 해오셨다. 이제 살 만하냐면서. 그러고는 마이
스터 자격 시험에 관심이 있는지 슬쩍 떠보셨다. 통
잠을 안 자는 아이 때문에 비몽사몽 정신이 없던 와

중에도 '마이스터'라는 단어가 귀에 쏙 들어왔다. 플로리스트들의 선생님 격이라고 볼 수 있는 마이스터는 독일에서 치르는 정식 시험에 통과해야만 주어지는 자격이다. 플로리스트 과정을 마치고 꾸준히 꽃 작업을 하면서 마이스터 시험은 따로 준비해야 한다. 그에 따른 어마무시한 수험료와 재료비를 감당하고, 한 달여의 시간을 독일에서 보내야만 볼 수 있는 시험! 실력과 노력은 기본이고 재력과 시간까지, 이 네 박자가 갖춰져야만 비로소 도전할 수 있는 그것. 그때의 나는 그 필요 충분 요건 네 가지에 체력까지도 바닥난 상황이었다. 무엇보다 내 몸에서 분리된 지 오십 일밖에 안 된 아기를 바라보며 스스로에게 말했다.

도저히, 절대로, 결단코, 네버에버,
말도 안 되는 일이야.

반면 마음 한 편에서는 전혀 다른 이야기를 했다.

그래, 아기를 안 보고 살 수는 없지.
그런데 꽃을 안 하고도 살 수 있겠어?

가족들에게 이야기를 꺼내기까지 수만 가지 생각
이 오갔다. 그중 예상이 가능한 건 '네가 지금 무슨,
말도 안 되잖아. 독일은 무슨 독일이야. 집 앞 슈퍼도
가기 힘든데!' 같은 노발대발이었고. 그러나 남편의
첫 마디는 내 예상을 와장창 깨버렸다.

가고 싶잖아. 그냥 갔다 와.

이런 남편보다 더 놀라웠던 건 양가 어머님들의
반응이다.

한 달? 그럼 아기는 우리가 이 주씩 봐줄게. 다녀와.

이쯤 되니 세상이 달라 보였다. 꿈인지 생시인지 구분이 되지 않아 절친한 언니에게도 물었다. 언니는 "당분간 너 자신을 위한 이런 시간은 절대 없어. 눈 딱 감고 다녀와"라며 내 등을 떠밀었다. 함께 꽃을 배운 동료 역시 "이번이 기회야. 같이 가자"라며 나를 부추겼다.

애써 포기하려고 고민했던 시간이 무색하리만큼 온 우주가 나에게 독일로 떠나라 한다. 이렇게까지 주변에서 다 가라고 할 줄은 몰랐다. 무엇보다 양가 어머님들이 내 손주 내가 보겠으니 너는 빠져 달라는 반응을 보이시니 내가 꼭 독일로 가야만 할 것 같았다. 마침 통장에 딱 필요한 만큼의 여윳돈도 있었고. 마치 잘 짜인 운명처럼 모두의 응원을 받으며 독일로 떠났다.

생각해보면 어렸을 적부터 공부 이외의 뭔가를 배우는 걸 참 좋아했다. 일단 시작하면 좀처럼 그만

두는 법도 없었다. 피아노 칠 년에, 미술 칠 년, 서예 삼 년……. 건반을 두드리다 보면 한 시간이 금방 지나갔다. 그림을 그리다 보면 두 시간이 훌쩍 지나 있었다. 남들과 비슷하게 시작했지만 꾸준히 버틴 시간은 어느 순간 나만의 특기이자 숨 쉴 구멍이 되어 돌아왔다. 공부하다가 끼적거리는 그림으로 숨이 트이고, 교회에서 피아노를 연주하며 삶의 의미를 찾고는 했다. 주 칠 일 근무하던 기간에도 틈날 때마다 화실에 틀어박혀 그림을 그렸다. 그렇게 그린 그림으로 전시회에 참여할 기회를 얻기도 하고. 그랬다, 시간을 쪼개 쓰며 본업에 120퍼센트 같은 90퍼센트를 쏟아붓고, 남겨둔 10퍼센트로는 늘 '숨 쉴 구멍 파놓기'에 힘썼다. 주어진 100퍼센트를 다 본업에 썼더라면 지금보다 더 유명한 아나운서가 되었을지 모르지만, 진즉에 찾아온 번아웃으로 어디론가 사라졌을지도 모른다는 생각을 가끔 한다.

매일 반복되는 방송을 위해 대본을 외우고 다른 이의 이야기를 듣고 정리하여 내 말로 전환해 전달하는 일, 그것을 끊임없이 반복했다. 그렇게 나는 나 스스로를 소진했다. 일이 끝나고 집으로 돌아가는 차 안에서는 모든 소리를 차단했다. 라디오를 켜는 법도 없었다. 전화 통화를 길게 하는 것조차 싫었다. 방송 이외에 듣고 말하는 데 쓸 수 있는 에너지가 없었다. 그렇게 나 스스로를 갉아먹고 있을 때, 기분 전환을 시켜주겠다는 지인의 손에 이끌려 플라워클래스에 갔다. 간단한 설명을 듣고 말없이 자유롭게 꽃을 꽂는 시간 내내 산란했던 마음은 차분하게 가라앉았다.

바라보기만 해도 예쁜 꽃이 누가 어떻게 만지느냐에 따라 분위기가 확 달라지는 포인트를 발견했다. 꽃은 그 자체로도 예쁘지만, 어느 화기에 담고 어떤 꽃들을 조합해서 두느냐에 따라 그 느낌은 천차만별이다. 노란 꽃을 분홍 꽃과 두면 화사한 느낌이

나고, 보라 꽃이나 파란 꽃과 함께 두면 장난꾸러기 같은 느낌이 들었다. 나무와 흐드러지게 꽂으면 자연의 아름다움을 드러낼 수 있었고, 꽃끼리 열 맞춰 꽂으면 보석보다 빛나는 선물이 되었다. 그날 이후, 플라워클래스에 가면 어깨가 빠질 정도로 집중하고 있는 나 자신을 발견했다.

나는 왜 이토록 꽃에 빠졌을까? 맛있는 걸 먹으러 다니고, 영화를 보거나 운동을 하면서 내 숨 쉴 구멍을 찾을 수도 있었을 텐데, 나는 꽃에 왜 빠진 걸까?

꽃 작업은 여럿이 함께해도 결과물은 모두 제각각 다르다. 기법이 같아도 꽂는 사람의 취향과 기술이 다른 탓이다. 방송도 꽃꽂이와 비슷하다. 뉴스든 시사 프로그램이든 버라이어티 프로그램이든 그 틀은 같지만 어떤 진행자가 서느냐에 따라 다른 방송이 만들어진다. 다만 이 둘이 결정적으로 다른 부분은 선택의 주체가 누구냐에 있었다.

방송국 아나운서는 늘 선택당하는 입장에 서 있다. 잘해도 잘하지 못해도, 자신이 있어도 자신이 없어도, 누군가 나에게 기회를 줘야만 그것을 수행할 수 있다. 그 과정에서 실력보다 인지도가 더 필요한 경우도 왕왕 있다. 하고 싶어도 할 수 없고, 기회가 올 수는 있겠지만 그게 언제가 될지 기약도 없다. 영영 인연이 안 닿을 수도 있고. 그러나 꽃을 꽂을 때에는 처음부터 끝까지 오롯이 나의 선택에 따라 결과물이 달라진다. 꽃을 고르고, 구조물을 짜고, 꽃의 모양을 지휘하는 그 모든 과정의 주체가 온전한 '나'이다. 그 결과물이 어떠하든, 내 눈에 예쁘면 그것이 정답! 여기서 오는 묘한 만족감이 나를 자꾸 꽃의 세계로 이끌었다. 어쩌면 방송을 하는 나에게 꽃 작업은 '작용 반작용의 법칙'의 힘을 발휘는지도 모른다.

　　선택받는 일에 이골이 났으니, 신나게 선택해보자!
　　선택당하기보다 선택하는 삶을 누려보겠다!

피지배자로서 살아야 하는 방송국 생활에서 버틸 힘을, 나는 꽃의 지배자로서 풀어냈다.

일단 시작하면 '열심' 버튼이 눌러지는 내적 프로세스는 꽃 수업에서도 그 진가를 발휘했다. 처음 이 년은 기본적인 감각을 익히고 다양한 방식들을 배웠다. 그다음 이 년은 정식 플로리스트가 되기 위한 고강도의 수업을 소화했다. 급기야 만삭의 몸으로 플로리스트 자격 시험을 위한 이 주간의 세션을 완료하고, 다섯 시간에 걸친 시험을 쳐서 합격했다. 땀을 뻘뻘 흘리는 팔 개월차 임산부가 시험 중에 배가 뭉쳐서 십 분만 누웠다가 다시 하겠다고 말했을 때에는 독일에서 날아온 선생님이 놀라서 말릴 정도였다. 그 악바리 만삭 임산부의 점수는 94점. 평균을 훨씬 웃도는 높은 점수였다.

일단 칼을 뽑으면 최고의 칼잡이까지는 아니어도 뭐라도 썰고 나서야 칼을 내려놓는 나인데, 배우다 마는 건 화장실에서 중간에 뭔가 멈추고 나오는 느낌마저 들었다. 무엇보다 플로리스트보다 더 높은 단계가 있다는 걸 알고도 출산으로 멈춘 것이 못내 아쉬웠던 차에 기회가 온 것이다.

　모두의 응원을 안고 도착한 독일은 한겨울의 매서운 추위를 잊게 할 만큼 나에게 큰 휴식을 안겨주었다(밤마다 아이와 영상통화를 하며 눈물을 쏟아낼 때를 제외하고는). 독일어와 영어와 한국어가 난무했지만 꽃을 통해 충분히 교감할 수 있었고, 꽃의 원리와 질서와 아름다움에 더 깊이 매료되었다. 나만의 작품을 만들어내기 위한 소논문을 쓰고 시험 준비를 위해 고민한 시간들은 나를 더 나은 사람으로 만들어주었다. 매일 밤늦게까지 작품에 매달리고, 나를 배려해준 가족들, 특히 아가의 얼굴이 떠오를 때마다 이를 악물었다. 이윽고 다가온 시험, 나는 피말리는 여섯 시간 동안 총 네 작품을 완성하고 플로리스트 마이스터 합격증을 거머쥐었다.

이리하여 나는 본캐는 아나운서, 부캐는 플로리스트 마이스터라는 이름으로 살아간다. 가끔 잡지에도 작품이 실리고, 온·오프라인 단독 전시회도 열면서 본캐와 부캐의 균형을 맞춘다. 본캐가 받은 스트레스를 부캐가 풀어주고, 부캐의 부족한 부분은 본캐로 채워가면서.

미래를 꿈꾸다

오 년 차에는 십 년 뒤를 고민했고, 십오 년 차가 되고 나서는 다시 오 년 뒤를 고민했다. 방송 환경의 변화는 고민의 속도도 단축시켰다. 종편과 케이블 프로그램이 범람하고, 개인방송과 OTT 채널이 날로 성장하면서 이제는 오 년 뒤가 아닌 내년을 고민해야 할 수도 있다.

오 년 전 쯤, 이십 년 안에 없어질 직업이 수두룩하다는 기사를 보았다. 텔레마케터, 회계사, 은행원 같은 전문직군을 비롯해 운전사, 경비원, 농축산업 등 2030년까지 수만 개의 직업이 사라진단다. 내심 '로봇과 AI가 대체할 직업군에 설마 아나운서가 들어가겠어?' 했는데 실제로 중국에서는 AI 아나운서가 뉴스를 진행한다. 우리나라에서도 라디오 뉴스는 AI가 진행할 것이라는 이야기가 심심치 않게 들려온다. 최고의 연예인이라는 유재석 씨조차 개그맨이라는 직업 자체가 없어질 위기에 있다고 하는데, 나를 비롯한 아나운서들이라고 다를 리 만무했다.

AI와도 경쟁해야 하는 방송 환경에서
나는 어떻게 살아남을 수 있을까?

다른 직업군을 걱정할 때가 아니었다. 시간이 지날수록 일에 대한 나의 고민은 깊어져갔다.

KBS 아나운서는 정년이 보장되는 '직업 안정성'이라는 장점이 있었다. 그것에 대한 자부심도 있었고. 그러나 십 년 후쯤(또는 그 이전에) '아나운서'라는 직업이 없어진다면 어떡해야 하나.

나는 회사에서 무엇으로 기능하고
존재해야 하는가?
나의 가치를 무엇으로 증명할 수 있는가?

꼬리에 꼬리를 물고 터져 나오는 질문에 가슴이 턱 막혀버렸다. 주어진 일에 최선을 다하는 것이 가장 중요하다고 생각해왔는데 '주어질 일'이 없어진다면 최선을 다할 수 없기 때문이다.

　아나운서들은 방송으로 자아를 성취하고 존재의 이유를 찾는다. '내가 하는 방송이 곧 나'라고 생각하며 자신의 방송을 소중히 여긴다. 그런데 방송사 아나운서에게 방송이 없다면? 평생 해오던 일이 아닌 다른 일을 타의에 의해 갑자기 하게 된다면? 그 일조차 없어서 구조 조정이라도 당하게 된다면?

　그런 순간이 내게는 오지 않으리라 보장할 수가 없다. 이는 비단 아나운서에게 국한된 고민만은 아닐 것이다. '평생 직업'의 개념이 사라진 요즘, 누구나 '이직' 또는 '실직' 후의 삶에 대해 고민할 테니까.

　그렇기에 주변의 많은 동료 아나운서들은 자기개발을 위해 힘써왔다. '사진 찍는 아나운서' '요리하는 아나운서' '춤 잘 추는 아나운서'에서 한 발 더 나아가 제작 현장에서 프로듀서의 역할을 하는 아나운서까지, '아나운서 플러스 알파'로 경쟁력을 찾으려는 시도들이 꾸준히 이어왔다. 나 역시도 취미로 하던 꽃으로 부캐를 완성했다. 그러나 이 모든 노력과 시도는 '아나운서'라는 이름 아래에 이루어진 것이다. '아나운서'로서 무엇을 더 하기 위함이지 '다른 그 무엇'이 되기 위해 거쳐가는 과정이 아니었다. 그래서 과감히 이 틀을 깨고 나가는 몇몇 이들의 노력은 대단해 보였고 한편으로 안타까워 보이기도 했다. '아나운서'로 각인된 이들이 틀을 깨겠다고 나서도 시청자의 눈은 여전히 그를 '아나운서'로 바라보기 때문이다.

자연스레 선배들의 모습에 눈이 간다. 퇴직을 불과 몇 년 앞두고도 여전히 자신의 자리를 지키며 가꿔가는 선배들의 모습이 멋지다. 은퇴를 삼 년 앞두고 시사 부문을 강화한 오후 뉴스 앵커로 발탁된 부장님이 계시다. 누가 봐도 아나운서의 발성과 외양을 지닌 분이고, 지난 십 수 년간 흐트러진 모습을 한 번도 뵌 적이 없다. 무엇보다 매일 라디오 시사 프로그램을 진행하며 '아나운서의 표본' 같은 모습으로 시사에 대한 감을 유지하신 결과가 아닐까 싶다. '준비된 자에게 기회가 온다'는 말은 신입에게만 쓰는 말이 아니구나, 부장님을 보며 배운다. 인생의 어느 위치에 있더라도 주어진 일에 최선을 다하고 소중히 하는 사람에게는 기회가 올 수밖에 없다는 깨달음을 되새긴다.

프리랜서가 된 한 선배는 현재 자신의 이름을 건 유튜브 프로그램을 진행하고 있다. 회사에 있을 때에도 아나운서로서 과감한 시도를 하며 자신만의 컬러를 만들기 위해 노력하셨던 분이다. 사업에도 도전하며 다양한 미래를 모색하셨다. 지금은 가장 잘 할 수 있는 '진행'을 가장 좋아하는 '책'과 함께 풀어 나가시는 중이다. 그 선배의 채널은 딱 선배의 분신 같다. 편안하면서도 열정적이다. 좋아하고 잘하는 것으로 자신만의 콘텐츠를 만드는 것은 모든 방송인의 꿈일 텐데, 그것을 해내시는 선배의 모습이 부럽고 존경스럽다.

재채기에도 아나운서 DNA가 섞여 있는 듯한 두 사람. 평생 일궈온 아나운서로서의 애티튜드가 체화된 분들이다. 어디 그뿐이랴, 클래식 진행자로 사랑받는 선배, 뉴스 특보계의 '이무기'라고 일컬이지는 선배, 스포츠 중계로 이름을 날린 선배, 교양 프로그램 섭외 1순위인 선배 등 아나운서로서 자신만의 분야에서 존재감을 뽐내는 선배들이 많다.

이제는 후배들마저 나름의 인적 브랜드를 쌓아가고 있다. 아나운서이기보다 다양한 분야에 도전하는 방송인으로 알려진 모 후배는 예능이며 연기, 진행과 사업까지 가리지 않고 열심히 해낸 끝에 '종합방송인'으로 커나가고 있다. 아나운서라는 타이틀을 지우기가 쉽지 않았을 텐데 색다른 길을 개척해가고 있는 후배가 기특하다. 또 아나운서라는 타이틀을 버리고 아예 사업가로 변신한 후배도 있다.

그렇다면 나는 그 가운데 어디쯤에 위치하고 있

는지 생각해본다. 지난 십팔 년을 정신없이 방송만 했는데, 문득 주위를 돌아보니 중견 아나운서에 가까워졌다. 일반 직장인으로 십팔 년차쯤 되면 나이가 불혹에 가까워진다. '미혹이 없는 상태'로서 '나는 이만큼은 더 할 수 있겠다. 저건 내 능력 밖이다'라는 자기 객관화와 자기 검증이 가능한 나이에 다다른 것이다. 한편으로 정년까지 십오 년여가 남은 걸 생각해보면 여전히 꿈꿀 수 있는 나이라고도 생각한다. 선배들처럼 끝까지 '아나운서 외길 인생'을 걷든, 후배들처럼 아나운서 타이틀에서 벗어나 새로운 길을 걸어가든, 뭐든 도전해볼 수 있는 나이도 바로 지금이고.

'이선영'이란 이름으로 만들어질 브랜드는 무엇일까? 방송이라는 화려함과 시청률 숫자에 얽매이지 않고, 내가 좋아서 할 수 있는 나만의 콘텐츠는 무엇일까?

여전히 나는 갈망한다. '아나운서'라는 타이틀에 갇히지 않으면서 나라는 사람의 한계를 자꾸 넘어서고 싶은 욕심이 있다.

무섭게 바뀌는 세상에서 내 자리에 연연하기보다 존재할 이유와 목적을 찾는 것이 더 중요해졌다. '도태와 안정'은 '도전과 불안정'의 반대말처럼 여겨지는 이 시대에 선택은 본인의 몫이다. 어느 쪽도 완벽하지 않고, 비난받을 이유도 없다.

몇 년 전부터 자꾸만 새로운 도전에 나서는 나를 걱정 어린 눈빛으로 바라보시는 부모님은 불혹의 딸이 안정적인 생활에서 멀어질까 늘 걱정이시다. 그런가 하면 하고 싶은 건 하는 게 맞다는 남편은 나의 행보를 지지한다(물론 안정적이길 바라지만).

오늘도 표류하는 내 마음은 이제 슬슬 가닥을 잡아가고 있다. 아직 확신할 수는 없지만, 가야 할 길의 방향성은 알 것 같다.

아나운서라는 타이틀에 갇히지 않을 것.

좋아하는 걸 찾아서 계속 도전하는

마음과 자세를 유지할 것.

도전하는 사람과 계속 함께 발전해나갈 것.

부정적인 이야기에 억눌리지 말고,

좋은 충고를 무시하지도 않을 것.

할 수 있는 것부터 하고 조바심 내지 않을 것.

남의 시선을 두려워하지 않을 것.

비판에서 자유로워질 것.

더 이상 미루지 않을 것.

수많은 직업이 사라지고 다시 생기는 중에도 나는 생각한다. '아나운서로서 내가 하는 일이 얼마나 많은 사람에게 도움이 되는가'에 대해서. 그리고 나의 가치를 알아보는 마음을 불혹의 길목에서 생각해본다.

관계, 그 양날의 검에 대하여

글을 쓰고 있는 3월의 어느 날 오후. 마음이 답답하고 몸도 찌뿌듯해서 K언니에게 전화를 걸었다. 글이 잘 풀리게 도와달라거나 만나자는 목적도 없이 대뜸.

"언니, 뭐 해?"
"미팅 가는 중이야. 왜? 너는?"
"그냥 걸었어. 심심해서."

수다는 그녀가 미팅 장소에 도착해서 자리에 앉기까지 삼십여 분 계속되었다. SNS에 올렸던 사진 이야기부터 육아 이야기, 지금 준비하는 사업 이야기 등 티키타카가 끊이질 않는다.

함께 육아에 힘쓰는 J는 사회생활 만렙인 지혜로운 친구다. 회사에서 일이 틀어졌을 때, 해결하려고 돌진하기 직전에 그녀에게 먼저 연락한다. 나의 이야기에 같이 분노해주고, 한껏 달아오른 나를 식혀주는 것도 그녀의 역할이다. 지르기 전에 브레이크를 걸어주거나 다시 보면 별거 아닌 문제라는 것을 깨닫게 해주는 고마운 친구. 둘이 이야기하다가 한 김 식으면 다시 육아 이야기에 불이 붙는다. 그럼 어느새 문제 상황은 잊히고, 진정된 상태로 웃으며 전화를 끊는다.

대학 때부터 지금까지 마음을 나누는 열 명의 친구들이 모인 단톡방 이름은 '우리끼리'. 결혼하고 엄마가 되어 각자 멀리 떨어져 살지만 그래도 마음 한 편 언제든 비빌 수 있는 언덕 같은 존재들이다.

입사 동기로 만나 쭉 마음을 나눠온 친구를 비롯하여 고충을 털어놓을 수 있는 선배들이 없었다면 회사생활을 어찌 버텼을지 모르겠다. 사랑하는 가족과 어릴 적 친구들은 물론, 인생의 고비마다 만난 감사한 인연들을 당연히 생각하고 살지는 않았는지 곱씹어보는 요즘이다.

이십 대 초반에 시작한 사회생활은 만만치 않았다. 일은 힘든 줄 몰랐지만 관계는 참 쉽지 않았다. 일은 일이고 관계는 관계인데, 일을 거절했다가 관계가 틀어질까 봐 전전긍긍하기도 하고, 딴에는 배려한다고 떠맡은 일에 몸도 마음도 상한 경우가 많았다. 함께 일하는 사람들과 농담도 하고 즐겁게 지내려고 노력하는 편이었는데, 가끔은 친해졌다는 이유로 무례하게 구는 이들도 생겼다. 무례함을 되갚는 것이 성향과 맞지 않아서 이해와 용서 없이 어설피 참고 넘어가다 보니 도리어 내 안에 화를 키운 적도 있다. 때로는 경우 없이 함부로 말하거나 이간질하는 사람에게 엮여 심하게 맘고생도 했다. 잘못된 걸 바로잡아 보려다가 되레 큰 상처를 입기도 하고, 소중한 사람을 잃기도 했다. 공인이라는 이유로 과분한 사랑을 받기도 하지만, 억울한 욕을 잔뜩 먹기도 했다.

관계에서 오는 스트레스는 누구나 겪는 문제이지 않을까. 어렸을 때는 단짝하고만 시간을 보내는 것도 두루두루 친한 것도 성향대로 선택할 수 있었지만, 사회생활은 다르다. 좋건 싫건 함께해야 하는데, 나와 잘 맞는 사람들만 곁에 둘 수는 없다. 그러니 문제가 생길 수밖에.

내가 옳아도, 아무리 참아도, 상대방은 바뀌지 않는다. 그 역시 자신이 옳고 참는다고 생각하기 때문이다. '내가 옳고 네가 틀렸어. 그럼에도 불구하고 내가 참겠어' 하다 보면 문제는 해결되지 않고 기분만 상한다. 절친한 사이에서는 마음을 먼저 푸는 편이 문제 해결에 도움이 된다. 그러나 직장에서는 감정을 내비치는 순간, 완패할 가능성이 매우 높다. 상대가 잘못해서 내가 피해를 입게 된 상황이더라도, 감정적으로 이야기하기보다는 기준에서 어긋난 부분만 표현하는 것이 좋다. 누가 보아도 잘못된 부분을 짚어내는 혜안이 필요하다. 아무래도 대화가 통하지 않는 상대라면, 일단은 참고 넘어가보는 것도 방법이다. 그런 사람은 나 아닌 다른 이와도 문제를 만들어왔을 것이므로. 나의 자존감을 무너뜨리는 언행이나 신념에 부딪히는 일을 맞닥뜨렸을 때는 확실하게 선을 긋는 용기도 필요하다. 그게 잘 안 되어 참느라 속 끓일 일이 참 많았는데 이제는 지혜롭게 표현하는 방법을 연구한다. 무엇보다 사적으로 마음이 통하는 것과 일할 때 합이 맞는 것은 다르다는 걸 깨달았다. 일로 엮인 사이에서는 일 잘하는 사람이 최고라는 생각이다. 일의 합도 잘 맞고 관계까지 좋다면 금상첨화겠지만 둘 다 맞아 떨어지기란, 쉽지 않다.

이제야 관계 맺는 법을 조금 알 것 같기도 하다. 예전보다 감정의 진폭이 줄어들고 실수도 덜 하게 되었지만, 여전히 감정에 휘둘리고 마음이 상한다. 그러나 그 또한 점점 더 다듬어질 것이라 믿는다.

아무래도 인간관계에 대한 회의가 가시지 않을 때에는 멘토들을 찾는다. 삶도 신앙도 닮고 싶은 육십 대의 S선생님에게는 언제나 눈빛에서 맑은 정신과 총명함의 기운이 느껴진다. 선생님은 늘 마음이 앞서 순리를 거스르는 것보다 일이 마음에 들도록 순조롭게 잘되는 '순적한 때'를 기다려보라 말씀을 주신다. 최선을 다해 준비하되 서두르지 않고 기다리면 일이 형통하게 풀릴 거라면서. 무엇을 하는 것보다 아무것도 하지 않는 게 힘든 나에게 '기다림'이란 꼭 필요한 덕목임을 일깨워주신다.

한 프로그램을 통해 십오 년째 인연을 이어온 두 선배님은 격려와 응원을 아끼지 않으신다. 지치고 고민될 때마다 의지가 돼주시고, 새로운 도전을 앞둔 내게 날카로운 분석과 용기를 불어넣어주신다. 두 분을 통해 나는 참선배의 모습을 알게 되었다.

H언니의 시원시원한 조언은 때때로 나를 과감하게 만든다. 고민은 짧고 굵게 하는 게 맞다, 일의 우선순위를 정해서 선택과 집중을 해라, 무엇보다 세월을 아껴라, 일침을 가한다. 그녀가 살아온 삶과 경력은 그 외마디 조언에 설득력을 부여한다. 열심히 달려온 사십 대의 시간이 있기에 오십 대의 빛나는 현재가 존재한다는 논리는 삼십 대 후반의 나에게 큰 영감을 주

었다. '그래, 사십 대는 달라야 한다!'며 새로운 도전을 시작하는 데 큰 힘이 되었다.

L선생님은 실력만큼 중요한 것이 사람임을 알려주셨다. 너무나 바쁜 일정을 쪼개어 좋은 사람들과의 모임을 꾸려나가는 원동력은 바로 인연을 소중히 여기는 마음에 있다는 것을 느끼게 되었다.

나이를 먹을수록 주변을 돌아보게 된다. 관계의 모토가 '좁더라도 깊게'이다 보니 십 년 이상 인연을 이어온 사람들이 있다. 몇 년 만에 만나도, SNS 친분이어도, 근황을 나눌 새 없이도 고민을 바로 쏟아낼 수 있는 사람들…… 나를 잘 알고 이해해주는 소중한 사람들이 더욱 고맙다. 내 곁에 있는 사람과 관계에 대한 소중한 마음이 더 깊어진다.

좋은 관계는 마음, 시간, 노력의 삼박자가 충분히 갖춰져야 비로소 탄탄히 세워지는 인생의 축복이다. 나의 소중한 사람들, 가족과 친구들의 얼굴을 떠올려

본다. 무조건 내 편인 사람, 하소연을 들어주는 사람, 좋은 충고를 해주는 사람, 수다가 잘 통하는 사람, 놀 때 케미가 맞는 사람, 인생의 멘토, 함께 크며 성장하는 사람…… 모두가 내게는 선물 같은 사람들이다. 인생의 고비마다 만난 이 수많은 은인이 있어 아나운서로도 무너지지 않았고, 올곧은 길로 향해갔다. 앞으로도 좋은 관계에서 힘을 얻고, 나 역시 누군가에게 힘이 되어주는 사람이 되고 싶다.

관계, 이제야 너 좀 알겠다.

무조건 내 편인 사람,

하소연을 들어주는 사람,

좋은 충고를 해주는 사람,

수다가 잘 통하는 사람,

놀 때 케미가 맞는 사람,

인생의 멘토,

함께 크며 성장하는 사람……

모두가 내게는 선물 같은 사람들이다.

인생 이모작

……그래서 나는 새로운 길을 가보려고 해요.

공기업에 있었으니 사기업에서도 일해볼까 하고.

인생의 이모작을 꿈꿨는데,

지금이 그때라고 생각해요.

벌써 십이 년 전의 일이다. 이십 년 후의 미래를 준비하는 포럼에서 만난 지인의 이야기는 꽤나 충격이었다. 현재의 탄탄한 입지를 뒤로하고 뜬금없이 새로운 분야로 떠날 결심을 했다고 한다.

지금 위치에 불만이 있으셨나요?

심사숙고하신 거 맞아요?

주변에서 말리지는 않았나요?

숱한 생각이 머릿속에 떠올랐지만, 당시 내가 건넨 말씀은 거두절미하고 "멋지세요!"였다.

직장인은 누구나 마음속에 사표 한 장을 품고 다닌다고들 하지만 그런 차원의 이야기가 아니다. 안정적인 삶, 인정받는 자리를 박차고 나와 더 큰 그림을 그려보겠다는 도전이다. 잘 짜인 일상에서 나와 한 치 앞을 모르는 미지의 세상으로 발을 내딛는 것이다. 보장된 장밋빛 미래를 두고 알 수 없는 오로라빛에 휩싸여 어딘가로 떠나는 것이다. 두려움보다 설렘이 앞서지 않으면 결코 선택할 수 없는 일. 누구나 꿈꾸는 일이지만 아무나 실행할 수 없는 일. 그 길을 택한 지인은 당시 꼬마 직장인 티를 갓 벗은 나에게 깊은 인상을 남겼다.

조금은 빨리 시작한 나의 직장 생활. 스물네 살에 합격해서 들어온 방송국 아나운서의 삶은 그야말로 시속 70킬로미터로 달리는 경주마 같은 나날이었다. 주 칠 일 근무는 당연했다. 하루도 빠짐없이 <투데이 스포츠>를 진행하고, <좋은나라 운동본부>와 <가족

오락관> <주주클럽>의 녹화를 마쳤다. 주말이 되면 <연예가중계>와 어린이 프로그램 녹화, 라디오 프로그램 진행까지 맡았다. 그렇게 주 칠 일 근무를 이 년, 이후에도 주말 녹화가 이어져 몇 년 동안 주 육 일 근무에 당직까지 서다 보니 시간이 어떻게 흘러 갔는지 모르겠다. 성금 모금 방송을 하며 연말임을 느끼고, 해넘이 방송으로 시청자들에게 새해 인사를 건네며 나이를 먹었다. 그야말로 파릇했던 이십 대 청춘을 카메라 앞에서 다 보낸 것이다. 첫 직장에서 사회인으로 첫 발을 내디뎠던 순간의 나는 방송 경력이나 사회 경험 모두 전무한 신인이었는데 굵직한 일들을 어찌어찌 해냈구나 하는 생각이 든다. 한편으로는 큰 실수 없이 그 시절을 넘긴 내가 대견하기도 하고.

예전에 비해 방송 환경이 많이 바뀐 탓도 있지만, 지금은 한결 여유가 있다. 장시간 진행하는 교양 프로그램도, 생방송도, 대본 없는 사회자 역할도, 긴장하지 않고 임할 수 있다. 심장이 입 밖으로 튀어나올 만큼 격렬하게 뛰어서 호흡을 꾹꾹 눌러주며 방송하던 때도 있었는데, 이제는 방송에 들어가기 직전까지 여유를 즐긴다. 절대 익숙해지지 않을 것만 같은 긴장감도 노력하고 반복하니 몸에 새겨지는구나 싶다. 아나운서 생활 십팔 년, 이제 어디서든 정적이 흐를 때 공간을 채우는 멘트가 본능적으로 튀어나온다 (전문용어로 '마가 뜨는 걸 못 참는다'라고 표현한다).

대부분의 직장인이 입사하면 이십 대에 실력을 쌓고, 삼십 대에 달리고, 사십 대에 그 능력을 인정받아 활짝 꽃피우기 마련인데 아나운서의 삶은 그와 반대가 아닐까 싶다. 이십 대에 성급히 꽃망울을 터뜨린 느낌이라고 해야 하나? 충분히 무르익지 못한, 어린 꽃망울이 강제로 피어난 느낌이다. 방송에서는 화사한 젊음과 신선함을 필요로 하는 경우가 많아서 연륜을 갖췄다 해도 새내기 시절만큼 기회를 잡기란 쉽지 않다. 성숙하게 무르익은 열매와 같은 동료들이 넘쳐나는데…… 안타깝다.

삼십 대 중반을 지나며 고민이 시작됐다. 결혼하고 출산할 때까지 휴직 한 번 없이 십이 년을 달려왔는데 아이를 낳고 돌아온 회사는 달라져 있었다. 짧은 경력 단절의 시간 때문만은 아니었다. 다양한 플랫폼과 콘텐츠가 급속도로 늘어나면서 소위 말하는 레거시미디어의 위기가 찾아온 것이다. 그 안에 속한 구성원인 나는 격변하는 방송을 따라잡지 못했고, 도태되는 느낌이 들었다. 입사 이후 사장이 되겠다고 큰소리치던 동료들이 회사를 나가는 모습을 보며 나는 이 회사에서 정년까지 소소하고 즐겁게 방송할 거라고 다짐했던 생각도 무너지기 시작했다. 진행자로서 아나운서가 존재하는 방송들도 점점 찾아보기 어려워졌다. 개그맨, 기자, 배우, 모델, 가수,

유튜버, 변호사, 교수, 정치인 등등 프로그램의 성격에 따라 채워진 진행자는 각자의 전문 분야를 가진 이들이었다. 아나운서처럼 '진행'만을 전문으로 하는 사회자는 아니었다. 위기감은 선후배 가리지 않고 찾아왔고, 변화에 대한 갈망은 다양한 시도로 이어졌다. 배움이나 학업을 통해 역량을 키우거나 개인 방송에 도전해보기도 했지만, 시대의 흐름을 개인이 따라잡기에는 너무나 빨랐다. 거대 조직에 속한 직원으로서 지켜야 할 제한도 많았다. 결국 허락되지 않은 부분들로 일부는 '어쩔 수 없이' 회사를 나가고 나머지는 '어쩔 수 없이' 포기하게 되었다.

나 역시 꽃과 관련한 유튜브 방송을 제작해보고 새로운 스타일의 방송에도 도전해보았지만 쉽지 않았다. 시청자와 제작진이 나에게 기대하는 바와 내가 하고 싶은 이야기가 달랐다. 아나운서 이선영에게 기대하는 바와 개인 이선영으로서 이루고 싶은 꿈의 격차가 점점 벌어지기 시작한 것이다. 물론 아나운서로서 주어진 일에 최선을 다하자는 신념은 변함이 없다. 천천히 스며들어 오래도록 기억되는 방송인이 되고 싶은 꿈도 여전하다. 다만 지상파 방송에서만 존재할 수 있는 아나운서는 한계가 있고, 시대가 변했다면 바뀐 흐름을 내게 적용할 필요가 있다고 생각했다. 자연스레 화면 속에 존재하는 다양한 직업군에 눈길이 갔다. 다른 재능을 가진 이들도 진행의 영역에 도전하는 것처럼.

그렇다면 늘 진행자였던 나도 다른 모습으로
무대에 설 수 있는 가능성이 있지 않을까?
화면 속의 인물이 될 수도,
화면 안의 콘텐츠를 기획하는 인물이 될 수도,
그 이상의 무엇이 될 수도 있지 않을까?
그동안 화면 속의 내 모습과 미래의 내 모습을
너무 특정해놓고 살았던 건 아닐까?

명확한 정답을 찾을 순 없었지만 나름의 결론은 얻었다. 그렇다, 나는 유연해져야 한다.

　십이 년 전, 지인이 자신의 자리를 박차고 나갔던 그때, 그 지인의 나이는 지금의 내 나이 언저리였다. 그리고 언젠가 고민했던 '이 회사에서의 열 계단을 다 올라선 순간'이 지금이라면, 이제 눈을 돌려보고 싶었다. 나의 지경이 어디까지인지도 궁금하다. 확인해보고 싶다. 이것도, 저것도, 그것도, 모두 다 도전해보고 싶은 마음이 솟구치기 시작했다. 그렇게 이십 대 내 마음속에 강렬히 남았던 '인생 이모작'에 대한 진지한 고민이 시작됐다.

　어린 나이가 아니기에 출발점이 예전과는 많이 다를 터다. 서툴러도 용서되던 시절의 내가 아니다. 뭘 하든 나이에서 오는 기대치가 있을 것이므로 평균 이상은 해내야 한다. 그래야만 십수 년 열심히 일해왔다는 방증이 될 것이다. 해도 되는지 아닌지, 좋아하는지 싫어하는지, 스스로도 확신할 수 없었던 때와는 다르다. 이제는 좋고 싫음, 할 수 있고 없음이 분명해졌다. 좋아하는 것과 잘할 수 있는 것을 구별하면 갈 길을 정하는데 있어 선택과 포기가 조금 더 쉬워진다.

다만 나 스스로 지금의 안정됨을 놓을 수 있을 만큼 변화에 대한 열망이 내 안에 있는지 확신이 필요하다. 떡만 먹고 살던 사람이 이제는 빵만 먹으면 살겠다는 선언을 하는 거다. 떡집에서 빵집으로 가는 길을 헤매다가 좌절할 수도 있다. 그런 때에 아무리 배가 고프더라도 떡집이 아닌 빵집으로 올곧이 걸어갈 수 있을지에 대한 확신. 충분히 스스로에게 물어보고 답하고 알아보는 시간을 가져야 한다.

지금 하고 있는 일의 미래가 불투명해서,
지겨워서, 워라밸을 위해서.

직장인이 제2의 직업을 찾는 이유는 적어도 수십 가지는 될 거다. 그럼에도 제일 중요한 이유는 '설렘'이 되어야 하지 않을까? 빵에 대한 설렘은 빵집까지 두 발을 이끌어줄 동력이 될 테니까.

일이 익숙해지고 삶이 안정될수록 더 안주하고 싶은 것이 보통의 마음일 텐데 나는 여전히 가슴 뛰는 일을 찾아 헤매며 배우고 준비하고 있다. 다만 실패하더라도 후회하지 않을 확신을 얻기 위한 시간이 한동안 필요했다. 그 시간들을 거치며 얻게 된 마음은 '충분히 했다, 행복했다, 후회는 없다, 새로운 일을 하고 싶다, 아주 작은 일이라도 시작할 용기가 생겼다'는 것.

다시 마흔으로 돌아간다면 더 과감하게
새로운 일을 꿈꿔볼 거야.
오십 대가 되어 가장 아쉬웠던 것은
도전의 DNA가 사라진 거거든.

아직 시도할 수 있는 선영 씨의 나이가 부러워.

은퇴를 몇 년 앞둔 선배와의 식사에서 나눈 이야기는 내 마음에 확신을 불어넣는 계기가 되었다. 여전히 반짝이는 눈을 가진 선배님은 당신의 노후를 알차게 설계해놓으셨음에도 조금 더 과감하지 못했던 젊은 시절의 꿈을 떠올리며 용기를 주셨다.

일에 익숙해지고 삶이 안정되어가는 마흔의 나는 여전히 가슴 뛰는 일을 하고 있지만 한 번뿐인 인생을 무지개처럼 수놓고 싶은 욕심이 있다. 그리고 늘 새로운 도전에 열려 있는 사람이고 싶다.

그동안 걸어왔던 길에 감사하고
앞으로 나아갈 길을 고민하며
안주함에서 오는 안락함보다
도전이 주는 설렘을 즐겨보려 한다.

반 년 전, 전시회에 썼던 글을 돌이켜보며 나는 얼마나 더 준비되고, 내 마음은 얼마만큼 더 열렸는가 생각해본다.

나는 오늘도 고민하고, 내일은 한 발 더 나아갈 것이다. 도전의 DNA가 남아 있는 바로 지금.

화면 속의 내 모습과 미래의 내 모습을
너무 특정해놓고 사는 건 아닐까?

그렇다.
나는 이제 유연해져야 한다.

그럼에도 불구하고

살다 보면 그 일을 해야 할지 말아야 할지, 좌로 갈지 우로 갈지, 빨리 갈지 천천히 갈지, 혼자 갈지 함께 갈지를 결정해야 하는 상황이 넘쳐난다. 인생의 수많은 갈림길에서 어느 길로 갈지 선택하는 것 또한 쉽지만은 않다. 일단 결정하면 뒤돌아보는 법이 잘 없는 나는 결정을 내리기까지 생각이 참 많은 편이다. 방송을 하고 싶다는 생각에 아나운서가 될지 피디가 될지 고민하다 아나운서가 되었고, 이후 십팔 년 동안 달려오며 이 길을 선택한 걸 후회한 적은 한 번도 없었다. 다만 늘 같은 시간, 같은 자리에 하루도 빠짐없이 십팔 년이나 선다는 건 여간한 일이 아니었다. 너무나 좋았고 소중했던 순간도 많았다. '더 즐기고 누릴걸' 하는 아쉬운 순간도 있었고, '일어나지 않았으면 좋았을걸' 하는 사건도 있었다. 그렇다고 선택의 순간으로 다시 돌아간다면 다른 선택을 했을까, 하면 또 그건 아니다. 어떤 '목적'을 향해 달렸던 건 아나운서가 되기 위한 입사시험 때뿐이었고, 그 전에도 후에도 나는 늘 내가 좋아하는 일을 하며 열심히 달려왔다.

'꼭 지키고야 말리라'는 각오는 없지만, 나는 좋아서 선택한 일을 이어가기 위해 삶 속에 수많은 루틴을 만들어뒀다. 매일 아침 눈을 뜨자마자 예배를 드리고, 오늘을 어떤 날로 일궈 나갈지 명상을 하면서 하루를 시작한다. 또 이러저러한 일을 해야겠다, 마음속으로 정리도 해보고. 과일과 견과류를 갈아 건강주스를 마시고 나서 아이를 등원시킨 뒤에 나의 일터, 방송국으로 향한다. 이것이 내 일상에 완전히 자리 잡은 모닝루틴이다. 일주일에 한 번 꽃 수업을 이어갔던 것도 깨지지 않는 루틴이었다. 그러자 어느샌가 내 이름 앞에 익숙히 붙어 있던 '아나운서'라는 호칭 외에 '플로리스트'라는 새로운 이름이 더해졌다. 매달 꽃 작품을 만들고 그 꽃말을 주제로 써내려간 글들이 모이자, 작품 전시회 '성화戒花 시리즈'가 탄생했다. 좋아서 하던 일을 루틴으로 삼았더니 삶이 더 풍성하게 채워졌다.

책을 쓰며 지난 시간을 되돌아보니 만감이 교차한다. 방송을 한 이십여 년의 세월도, 꽃을 만진 십여 년의 세월도 나에게는 다 따로따로 흐르지 않았다. 각각의 모자란 부분을 채워가며, 더 나은 사람으로 살아갈 수 있게 한 원동력이 되어 나를 지탱해주었다. 모든 일에 열정적으로 임했던 이십 대와 취향을 만들고 경력을 다져온 삼십 대를 통해 쌓아온 경험은 결코 허투루 버려진 것이 없었다. 그리고 맞이한 사십 대에는 안정적인 삶을 누릴 줄 알았는데, 여전히 나는 내 삶 앞에 놓인 변화와 도전에 마음이 설렌다.

　시간과 노력과 진심은 어디로 사라지지 않음을 믿는다. 그것들은 내 안에 켜켜이 쌓일 테고, 그 언젠가는 내가 계획한 것 이상으로 상상도 못 한 멋진 꽃을 피워낼 것이다. 그 꽃은 나뿐 아니라 꽃을 바라보는 모든 사람에게 근사한 향기와 큰 기쁨을 주게 될 것이기에 나는 그날을 꿈꾸며 오늘 하루도 열심히 살아간다.

지금까지 내가 걸어온 길과 보내온 시간이 지금의 나를 만들었듯이 앞으로의 인생은 보다 현명하고 따뜻하게 헤쳐 나갈 수 있기를.

조금 더 나누고 도울 수 있는 마음의 여유가 있기를.

주어진 소명을 따라 정진하는 삶을 살기를.

003
피땀
눈물
아나운서

1판 1쇄 인쇄 2022년 5월 15일
1판 1쇄 발행 2022년 5월 20일
글 이선영
펴낸이 김서윤 · 편집장 한귀숙 · 디자인 지은이
펴낸곳 상도북스 | 출판등록 2020년 12월 08일(제2020-000076호)
주소 서울시 동작구 상도로47나길 5, 101호
전화 02)942-0412 | 팩스 02)6455-0412
전자우편 sangdobooks@gmail.com
인스타그램 instagram.com/sangdobooks
ISBN 979-11-976181-3-0 03810

˚ 이 책의 내용을 재사용하려면 반드시 사전에
  저작권자와 상도북스의 서면 동의를 받아야 합니다.
˚ 인쇄, 제작 및 유통 과정에서 파본 도서는 구입처에서 교환해드립니다.